打ち上げ花火、下から見るか？横から見るか？

原作：岩井俊二
著：大根 仁

角川スニーカー文庫

20460

キャラクター原案・渡辺明夫
口絵・本文イラスト・DOMO
口絵・本文デザイン／百足屋ユウコ+たにごめかぶと（ムシカゴグラフィクス）

子どもの時は、水中で目が開けられた。
水中メガネやゴーグルなんてなくても、何もかもがハッキリと見えたんだ。
大小さまざまな水泡《すいほう》が、目の前を浮《う》き沈《しず》みしながら小さく弾《はじ》ける。
それはまるで、音の無い花火みたいだった。
このまま息が続けば、水の中を通ってどこか別の世界に行けるんじゃないかと思った。
でも、苦しくなってプールから顔を出すと、真っ青な空と白い雲が。
無音の世界から、学校のチャイムの音や、蟬《せみ》がやかましく鳴く現実の世界へ。
世界は一つしかない。
当たり前のことだ。
でも、あの夏。
オレは確かに、もう一つの……いや、一つじゃない。
アイツと一緒《いっしょ》に、いくつもの〝もしもの世界〟を体験したんだ。

風力発電のプロペラ、灯台の光、海沿いの線路、壁《かべ》の塗装《とそう》があちこち剝《は》げ落ちたプール。錆《さ》びついた音をたてながら開く鉄扉《てっぴ》、Y字路に立つ樹齢《じゅれい》不明のブナの木、教室のガヤつき……。


頭に浮かぶすべての景色に佇《たたず》んでいるのは、アイツの姿だ。

制服で海を見つめる後ろ姿、教室で振《ふ》り返った時の顔、プールを泳ぐ見事なクロールのフォーム、夕陽《ゆうひ》を背に浴衣《ゆかた》姿でオレを見つめる目……。

そして、アイツの泣き叫《さけ》ぶ声。

「典道《のりみち》君!!」


あの時、確かに体験した〝いくつもの世界〟の中で、ゆがんだ景色が見える。ひずんだ音や声が聞こえる。

アイツの名前は、なずな。

もし……あの時……もし……あの時オレが……もし……あの時、なずなが……もしも……

……あの時に戻《もど》れたら……。

もしものない世界

古い家のトイレってのは、なんだって朝からこんなに蒸《む》し蒸ししているんだ？

狭《せま》い階段の下に作られた我が家のトイレは、入るたびに壁に挟《はさ》まっているような気分になる。一応、小さい窓はついてるけどあんまり換気《かんき》の意味を果たしてはいない。

そのせいで夏なのに、オレはまるで中華《ちゅうか》まんになったような気持ちで便座に座っていた。目の前に貼《は》ってある、観光協会が作ったカレンダーの写真は、海水浴で賑《にぎ》わう茂下《もしも》海岸の景色だ。だけど、こんなに人で溢《あふ》れた茂下海岸は、少なくともオレが生まれてからは見たことがない。昭和とまでは言わないが、おそらく20世紀の時代に撮《と》られたものなのだろう。

小さく写る真っ赤なハイレグの水着を指で撫《な》でながらオレはあくびをする。かつての美女たちの写真に思いを巡《めぐ》らせていると、ドアが激しく叩《たた》かれて、

「典道《のりみち》!!　早く出なさい!!　登校日だからって気ぃ抜《ぬ》いてんじゃないわよ!!」

と母親のヒステリックな叫び声が響《ひび》き渡《わた》った。ただでさえ暑いトイレの温度がさらに3

度ほど上がったような気持ちになる。

ったく、母親っていう人種はなんで朝からこんなに大きな声が出せるんだ？

オレは辟易《へきえき》しながら答える。

「うっせーな！　まだ出ないんだよっ!!」

答えを聞かずに母親はトイレの前から立ち去ったらしく、

「朝ごはん、ゆうべのカレーだからね！」

という声が遠くから聞こえた。

オレはお腹《なか》を抱《かか》えながら、小さく「……やめろよ……」と呟《つぶや》いた。


居間にあるテレビから流れてくる全国の花火大会のレポート映像を見ながら、生卵を白身と黄身に慎重《しんちょう》に分けて、黄身だけをカレーの上にのせた。

「ったく、白身も食べなさいよ！　栄養あるんだから！」

チラシの束でオレの頭を引っ叩《ぱた》きながら、母親はガーガーと掃除機《そうじき》をかけている。

「飯食ってる時に掃除機かけんなよ……」

大きな声で言えばその倍ぐらいの大きさで文句が返ってくるから、オレはブツブツと不満をこぼすしかない。せめてもの抵抗《ていこう》で母親の言葉を無視して、黄身をグチャグチャにして、カレーとよくかき混ぜる。

黄身だけの卵があれば絶対に売れると思うんだけどな……。

小学校低学年の頃《ころ》から使っている、小さな傷だらけのスプーンでカレーをすくって食べる。

ん〜、美味《うま》い！　昨夜《ゆうべ》のカレーってのは、なんでこんなに美味いんだろう。一晩寝《ね》かせた鍋《なべ》の中で、そして卵の黄身をカレーに混ぜることによって、ものすごい化学反応が起きているに違《ちが》いない。

「今日も全国で花火大会が行われる予定です！　さて気になるお天気ですが……」

テレビから流れる映像は花火大会から切り替《か》わっていて、お天気おねえさんが登場していた。画面に映った日本地図には、冗談《じょうだん》みたいにお日様マークだけがニコニコしている。

ふと、トイレのカレンダーの今日――8月1日の日付に「花火大会」と書かれていたことを思い出した。さすがに中学1年生にもなって、花火大会にテンションが上がることはないが、それでもちょっと特別な日のような気がする。

ていうか、天気予報が流れはじめてるって、そろそろ時間やばくね？

オレは慌《あわ》てて残りのカレーを掻《か》き込んだ。食べ終わったカレーの皿を食卓《しょくたく》に残したまま、店の上がり口でスニーカーの紐《ひも》を結ぶ。

「ったく、かったりいな……なんで登校日なんかあんだよ……」

奥歯に挟まった鶏肉《とりにく》を舌先で突《つつ》きながら呟いていると、

「お前はまだいいよ」

店で釣《つ》り竿《ざお》の手入れをしていた父さんの声が返ってきた。ランニングシャツに短パンとサンダルという、およそ接客する姿とは思えないスタイリングだ。

オレの家、島田釣具店《しまだつりぐてん》は代々続く……って、お爺《じい》ちゃんが漁師を引退して気まぐれで始めた、創業20ン年の由緒正《ゆいしょただ》しくもなく、ついでに雑貨や乾物《かんぶつ》やペットの餌《えさ》なんかも扱《あつか》っているポリシーのない釣り具屋だ。父さんはお爺ちゃんの跡《あと》を継《つ》いだけど、オレは特にこの家を継ぐつもりはない。

「あ？　なんで？」

「だってお前……」

言いかけた父さんの声をかき消すように、居間の奥から母さんの声が響いた。

「典道！　食べたら片しなさい！　母さんたち午後からいないから夕飯は冷蔵庫のものテキトーに食べて！」

そんなに叫ばなくても聞こえてるっつーの！

心の中でそう返しながら、声だけは従順な息子《むすこ》として「わかったー！」と返す。そして、釣り竿の手入れを続けている父さんに尋《たず》ねた。

「なに？　どっか行くの？」

「ガラクタ集めてフリーマーケットやるんだってよ、茂下神社で」

「お祭りで？　誰《だれ》が来んだよ？」

「店閉めてまでやることかって……」

言いかけた父さんが、素早《すばや》い動きで竿の手入れに戻る。不思議に思って視線をあげると、いつの間にか母さんがオレの背後に立っていた。

その顔は恐《おそ》ろしいほどの無表情だ。

「……なんか言った？」

「行ってきまーす!!」

トラブルの予感を察知したオレは、ダッシュで店を飛び出していく。

「何よガラクタって！　嫌《いや》だったら来なくていいわよ！」

父さんがブルブルと首を振っている顔を想像しながら、オレは店先のオンボロ自転車に跨《またが》って、海へとつながる坂道を駆《か》け下りた。

すぐに汗《あせ》ばんでくるんだろうけど、潮風を全身に浴びるこの瞬間《しゅんかん》だけは最高に心地《こ こ ち》好《よ》く、ほんの少しだけ、この町に生まれて良かったなと思う。

茂下町は、古い漁港と小さな海岸、その先に太平洋が拡《ひろ》がる人口……確か二八〇〇人くらいの小さな町だ。住人のほとんどは、港から山に向かう斜面《しゃめん》に、へばりつくように建っている家々に暮らしている。

「なんかショボい尾道《おのみち》ってカンジですね。寂《さび》れてていいカンジだけど」

以前、東京から来た若い釣り客がそんなことを言っていた。

尾道なんて知らないし、ずいぶん失礼なこと言うなと思ったけど、寂れていることは否定できない。

かつては漁師町として、夏は県有数の海水浴場として賑《にぎ》わったこの町も、六年前の震災《しんさい》以降すっかり元気をなくしてしまった。東北に比べれば被害《ひがい》は小さかったし、幸いにして亡くなった人もいなかったけど、それでもほとんど壊滅《かいめつ》してしまった漁港は、未《いま》だに半分も復興していないし、海水浴場は地元の住民しか来なくなった。

「いやでもすげえノスタルジー感じますよ」

釣り客はそんなことも言っていた。なんだ？　ノスタルジーって。バカにしている雰囲《ふんい》気《き》じゃなかったけど、ここに住みたいとか何度も来たいと思っている感じじゃなかったのは確かだと思う。

じゃあオレがこの町を気に入っているのかというと、正直わからない。もちろん東京かっこいいなーとかそういう気持ちはあるけど、住みたいかって言われると微妙《びみょう》だ。でも、生まれ育った茂下町にずっといたいのかって聞かれるとそれも悩《なや》む。

「典道!!」

声の方を向くと坂道の途中《とちゅう》の路地から、最新のマウンテンバイクに乗った安曇祐介《あずみゆうすけ》が飛び出して来た。医者の息子の祐介とは幼なじみで、親を除けばおそらく人生でいちばん長い時間を一緒《いっしょ》に過ごしてきた相手だ。

「よお！」

「おっす！」

片手をあげて挨拶《あいさつ》を返していると、さらに別の路地からスケボーの純一《じゅんいち》と、キックボードの稔《みのる》が加わった。四人で坂道を駆け下りながら、いつものどうでもいい会話が始まる。

「今日はなに賭《か》ける？」

純一はオレたちのグループの中でもいちばん背が高く、もう声変わりもしている。だけど性格が大人っぽいわけではなくて、グループ内でくだらないことを言い出すのも大体こいつで、ムードメーカーでもありトラブルメーカーだ。いつも何かを賭けたがるのは正直ガキっぽいが、それに即《そく》乗っかるのは、小学生の時からのオレたちグループのお約束だ。

「負けたヤツが三浦《みうら》先生にセクハラ！」

小学4年以来、成長が止まっていて、まだ〝毛〟すら生えていない稔は、マセ度でいえばグループの得点王だ。純一の子分みたいなところもあり、いつも二人でふざけてる。

「なあ、三浦先生またオッパイ大きくなったと思わねえ？」

「知ってるか？　オッパイは誰かに揉《も》んでもらうと、どんどん膨《ふく》らむらしいぜ」

「マジかよ!?」

「誰に揉まれてんだよ！」

「俺も揉みてえ!!」

なんの生産性もない、いつもの会話を海風が打ち消し、オレたちは下りきった坂道から海沿いの道を走る。

振《ふ》り返ると、山々の稜線《りょうせん》に大きな白い風車が立ち並んでいて、プロペラが時計回りにゆっくり回っている。

一昨年《おととし》から実験的に始まった風力発電だ。なんでも茂下町の海風は常に安定していて、風力発電にはもってこいの立地らしい。

子どもの頃から見慣れた景色に、いきなりあんなにデカい風車が立って気持ち悪かったけど、今ではすっかり見慣れてしまった。

「近道ー！」

祐介のマウンテンバイクが、海沿いの道から小さな石階段をそのまま降りて、ボードウォークを走る。

「ずりぃぞ！」

「てめえ、ざけんな！」

タイヤのクッション性で劣《おと》るオレたちは、自転車やスケボーやキックボードを手で持ちながらボードウォークに降りて、祐介の後を追いかけていく。

ペダルに足をかけて体重を乗せようとした瞬間、強い海風が吹《ふ》いた。風に誘《さそ》われるように海の方を見ると、波打ち際《ぎわ》にボンヤリとした人影《ひとかげ》が浮《う》かんでいる。

こんな朝から観光客かなと思って、見つめていると少しずつ人影がクリアになっていく。

白いセーラー服、膝上《ひざうえ》のスカート、三つ編みの髪《かみ》。

クラスメートの及川《おいかわ》なずなだ。

遠目でかつ後ろ姿だが、ハッキリとなずなであることがわかった。

なずなはまるで海の上を歩いているように、ふわふわとした足取りでテトラポッドを渡っていく。逆光でキラキラと輝《かがや》く波打ち際の間を進んでいくその姿は、まるで映画やドラマのヒロインのようだった。

なずなの周りだけ時間がゆっくり動いているみたいで、そこから視線を動かせない。

こっち向いてくれないかな……。

心の中でひっそりと願うけど、「典道！　遅刻《ちこく》すんぞ!!」という純一の声に我に返って、ペダルを踏《ふ》み込んだ。

「わかってるよ！」

立ち漕《こ》ぎをしながらもう一度見ると、なずなは波打ち際にしゃがんで何かを拾い上げていた。太陽に向かって右手に持っているものをかざしている。さすがに距離《きより》があるから、それがなんなのかはわからなかった。

遠ざかるなずなが手にしたものが、波の煌《きら》めきとは違う種類の光を放っているように見えたが……気のせいか……。

「バッチバッチ～!!」

「ボー！　ボー！　こいよ～ヘイヘイ～!!」

「ソォレ！　ほ～い！」

一年の内で、大晦日《おおみそか》と元旦《がんたん》しか休まない野球部は、登校日だっていうのに、わけのわからない声を出しながら、グラウンドいっぱいを使って練習をしている。

その横を夏休みボケの生徒たちが……って、オレたちのことだけど、予鈴《よれい》を聞きながら校舎に向かってダラダラと歩く。自転車やスケボーは近くのコンビニの駐車場《ちゅうしゃじょう》に置いてきた。

純一が小馬鹿《こばか》にしたように言う。

「バッチってなんだよ？」

「バッター？　じゃあバッターって言えよな」

稔が半笑いで答える。

「ボーは？」

「ボールじゃね？」

「ほ〜いってなんだよ？」

「わっかんねえ」

サッカー世代のオレたちからすれば、野球なんてオッさん臭《くさ》い昭和のスポーツとしか思えないが、かつて商業高校が甲子園《こうしえん》で優勝したことがある茂下町は、今でもサッカーより野球が盛んだ。

足元に転がってきたボールを、土まみれの野球部員が懸命《けんめい》に追いかけていく。

「今どき丸坊主《まるぼうず》とかありえねえんだけど」

「ぜってえモテねえよな、野球なんて」

「やってるヤツの気が知れねえ」

そんなことを言っているが、本当はオレも祐介も純一も稔も小学生の低学年の時は、親に言われて野球チームに入っていた。四人ともまったくやる気がない上に、軟式《なんしき》ボールでサッカーばかりしていたので、コーチから〝自主退チーム〟させられたのだ。元々幼なじみだったが、それ以来こいつらとはより仲が深まったんだと思う。

リーダー的な存在はいないが、遊びも会話もなんとなくいつも純一が言い出しっぺで、稔がそれに従う。だがその言動はいつまでたっても小学生ノリで、最近オレと祐介はそのことに少し嫌気《いやけ》がさしてきていた。

「君たち！　急ぎなさ〜い!!」

明るい声を響《ひび》かせて、校門からママチャリに乗った三浦先生がオレたちの方に向かってきた。白いブラウスのボタンがはちきれんばかりに、大きな胸が揺《ゆ》れている。

「うお〜、今日もユッサユッサしてますね〜」

「震度《しんど》6はあるな」

「ビリ誰だったっけ？」

「純一！」

「スケボーで勝てるわけねえし！」

と言いながらも、純一は嬉《うれ》しそうに走り出すと、あっという間に三浦先生の自転車の後ろに飛び乗った。

「こら！　やめなさい！」

急な荷重にハンドルがグラつく三浦先生の胸を、純一が後ろから鷲摑《わしづか》みにする。

「コラ！」

ブレーキをかけた三浦先生がそのまま肘打《ひじう》ちをかまそうとするが、サッとよけた純一はそのまま自転車を降りて校庭を逃《に》げ回る。

「田島《たじま》君！　待ちなさい!!」

自転車で追いかけられる純一に、オレたちはゲラゲラ笑いながら聞く。

「純一！　何カップ!?」

「ジェジジェジジェジジェジジェジジェジジェ、Jカップー!!」

両手で〝J〟の形を作りながら走り回る純一の横を、一人の女生徒が歩いてきた。

なずなだ。

「そんなにあるわけないでしょー!!」

目の前を、純一と三浦先生の自転車が横切るが、なずなはまったく我関せずと二人に視線を向けることもなくただ真っ直《す》ぐ進んでいく。けど、気のせいか浮かない表情をしている。

さっきの海辺の姿と今の表情に、いつものなずなと違《ちが》う何かを感じたが、その疑問はチャイムの音にかき消された。

登校日独特の、嬉し恥《は》ずかし懐《なつ》かしいムードでガヤつく教室の真ん中の席で、なずなは後ろの席の太った女子に話し掛《か》けられていた。

「なずなは夏休みどっか行ったの？」

「ううん、まだ」

「アタシ、来週ディズニーランド！」

「へえ、いいなあ」

どっか行った？　って、お前がディズニーランド行くことを自慢《じまん》したいだけだろ！　笑いながら話すなずなの表情は普段《ふだん》とかわらないものだった。

とすれば、さっきよぎった違和感《いわかん》はなんだったんだ？

窓際の一番後ろの席。一学期の間中、オレはこの席からなずなのことを見ていた。

ほとんどが後ろ姿だったけど、たまにプリントを渡《わた》す時や、こうやって誰《だれ》かに話しかけられた時に、振り返るなずなの顔を見れることもある。そういう時のなずなは、いつの間にこんなに可愛《かわい》くなったんだって驚《おどろ》いてしまうほど……可愛い。

そもそも小学校5年の時に東京から引っ越《こ》してきたなずなは、それまで見てきた茂下町の女の子とは明らかに違っていた。

ガキだったからよくわからなかったけど……って、今もガキかもだけど、なずなの雰囲《ふんい》気《き》はすごく都会的で、洗練されていた。制服の時はもちろん、体操服の時も、他の女生徒とは比べものにならないくらいオーラがあって……中学に入ってから身体《からだ》の成長と共にますます……うわ！　オレなんかキモい！　いやでも……かわい……

「可愛いよなあ、及川なずな」

「ふぇっ⁉」

いきなり前の席の祐介に話しかけられて思わず変な声が出た。

「なんだよ？　その声」

すかさずツッコんでくる祐介に動揺《どうよう》を悟《さと》られまいと、アドリブのジョークで答える。

「オイカワだけに……おい！　可愛い！」

「……つまんねえんだけど」

「つーか、どこがだよ？」

「マジ告りてえんだけど」

「告れよ」

中学に入ってから祐介は、あからさまになずなを意識するようになっていた。

スマホで隠《かく》し撮《ど》りした写真をフォルダーに集めていて、毎晩それを見ながらでないと眠《ねむ》れないと言われた時はちょっと引いたが、本当はそのフォルダーを全部送って欲しかった。

「夏休みの間に、なずなと二人でどっか行きたいじゃん。今日の花火大会とかさー」

「だから告りゃいいじゃねえかよ」

「告れるわけねーだろうが！　断られたらどーすんだよ？」

「知らねえよっ！」

「じゃあお前代わりに告って」

「わかった……なずなさん、祐介がなずなさんのことを……」

「え？　なぁに？」

「史上最悪のブスって言ってました」

「なんでだよっ！」

「ありがとうございました〜」

ここ数ヶ月のお約束のやりとりに、これまたお約束のオチがついたタイミングで、三浦先生が教室に入ってきた。

「はい席着くー!!」

散り散りになっていた生徒たちが、それぞれの席に着くのを待たずに、せっかちな先生が話しだす。

「えー今日は茂下神社のお祭りと花火大会です。たくさんの人出になると思いますが、友だち同士で行く人はあんまり遅《おそ》くならないように」

待ってましたとばかりに稔が立ち上がって、からかう。

「先生は誰と行くんですかー？」

せっかちなだけではなく、嘘《うそ》がつけない三浦先生が、

「え？」

とキョドった瞬間《しゅんかん》、教室がざわめき、さらに純一が追い打ちをかけた。

「彼氏でしょ？　花火の後はラブホで打ち上げちゃうんじゃねえ？」

「田島君！　アンタいい加減にしないとセクハラで訴《うった》えるわよっ！」

「じゃあ俺はパワハラで訴え返してやるよ！」

「アンタほんといい加減にしなさいよ！」

言いながら、教壇《きょうだん》を降りて純一のほうに向かった三浦先生の胸が弾《はず》む。

「そのオッパイ花火、何尺玉ですかー!?」

「田島ぁ!!」

教室中が爆笑《ばくしょう》に包まれる中、二人の追っかけっこが始まる。

あいつまた親呼び出しだな……と呆《あき》れながら、何となくその姿を追っていくと、なずな

がこっちの方を見ていることに気づいた。

え……？　こっちじゃない、オレを見ている……。

一学期の間中なずなを見ていたけど、こうやってちゃんと視線が絡《から》むのは初めてのことだった。

なずなもオレが視線に気づいたことがわかったみたいだった。無表情だけどその目の奥には、オレに何かを伝えたいような、何かを求めているような、そんな気持ちが隠されているように感じた。

だが、それはほんの一瞬……たぶん1～2秒の出来事ですぐに目は逸《そ》れてしまう。

オレは戸惑《とまど》ったままなずなの背中を見ていたが、もう視線が絡むことはなかった。

「田島ぁ！　今日家に連絡《れんらく》するわよ!!」

相変わらず騒《さわ》がしい三浦先生と純一に視線を戻《もど》そうとした瞬間、妙《みょう》な光が視界に入る。

なずなの机のフックに掛けてあるキルティングのバッグの底のあたりが、妙な光に包まれていた。

いや、包まれているというよりは、バッグの中で何かがボンヤリと光っているような……。

なんだあれ……？

光に吸い込まれるように視線を動かすことができなかったが、目の前で純一が三浦先生

に捕《つか》まったことで、ふと我に返った。

「ヒィ～、ご勘弁《かんべん》を～。典道ぃ、助けてくれぇ～」

三浦先生が純一の頭を軽く引っ叩《ぱた》いて、教室の笑いはピークとなり、1年C組のお約束コントは終わった。

首根っこを掴まれて席に戻される純一を見ながら、もう一度なずなのバッグに視線を送るが、さっきの光は消えていた。


ギィイイ～と、大きな音が響き渡る。

錆《さび》だらけの鉄扉《てっぴ》の先には、塗装《とそう》がほとんど剝《は》げ落ちた水色の階段がある。一段飛ばしで駆《か》け上がると、真っ青な空に浮《う》かぶ白い雲と緑の木々、それらを水面に映し出す25メートルプールが、オレと祐介を迎《むか》え入れた。

祐介がモップを投げ捨てながら言う。

「いいのかよ？　掃除《そうじ》しなくて」

「プール掃除当番の特権だろ。どうせ水泳部が毎日掃除してるんだから、しなくてもよくね？」

「だよなー」

広いプールを二人だけで占領《せんりょう》できることに、オレも祐介もニヤニヤが止まらない。

体操着を脱《ぬ》ぎ捨てて、学校指定のダサい競泳パンツの紐《ひも》をキュッと締《し》め、ゴーグルを装着する。履《は》いていたスニーカーを脱ぎ捨てて、いざプールに駆け込もうとしたが、

「熱っ！」

「マジかよこれ！」

朝から直射日光を浴びたプールサイドは熱を帯びていて、とてもじゃないが裸足《はだし》では歩けない。

「早く入ろうぜ……あれ？」

「ん？」

「なずな？」

祐介の視線に釣《つ》られるようにプールの反対側を見る。

「あ……」

25メートル先の飛び込み台に腰《こし》を掛けた競泳水着姿のなずなが、たしかにいた。

かすかに膨《ふく》らんだ胸、少しだけ丸みを帯びた腰から太ももへの曲線、細く締まったふくらはぎに目を奪《うば》われる。

水面に溶《と》ける足元がゆっくりと揺《ゆ》れていて、その反射した光が、なずなの顔をゆらゆら

と照らしていた。

「アイツも当番だっけ？」

「いや、オレらだけだろ」

「あ、水泳部か……今日部活あんの？」

「知らねえよ」

「つーか俺、便所行ってくる」

「は？　なんでだよ？」

「なずな見たら急にウンコしたくなった」

とか言いながら祐介はいきなり両手両足を棒のように伸《の》ばして歩き出した。

「わけわかんねーんだけど！」

目の前で想定外の出来事が起こると便意を催《もよお》すのは、幼稚園《ようちえん》の頃《ころ》から全く治らない祐介の癖《くせ》だ。

いつだったか、サッカーの試合でファールをくらい、ＰＫを蹴《け》ることになった時も祐介は審判《しんぱん》のホイッスルの音と同時にトイレに走っていった。

妙な動きでプールサイドを離《はな》れていく祐介の背中からなずながいたほうに視線を戻すと
……あれ？　あいつ何やってんだ？

なずなはプール台をベッドのようにして仰向《あおむ》けになり、強い日差し……まさに真夏の光線を浴びていた。

やかましいほど鳴いているミンミン蟬《ぜみ》の音が、逆に二人きりの静けさを強調する。

え？　なにこの空間？　オレ、どうしたらいいの？

その場で祐介を待っているのも間抜《まぬ》けな気がしたし、なずなだってオレがいることに気づいているはずだ。変に意識していると思われるのもカッコ悪いよな……オレは自分に言い訳をしながら、なずなに近づいた。

2メートルほどの距離《きょり》になると、目を閉じているなずなの顔が見えてくる。

目を閉じて口元にゆるく笑《え》みを浮かべているなずなの姿は、こんなに近くにいるのにどこか遠くて、なぜだかそれ以上近づいてはいけないような気がして、足を止めた。

「……え？　日焼けしてるの？」

自分でもびっくりするくらい小さな声だったが、なずなの顔は2回小さく横に揺れた。

わざとらしい咳払《せきばら》いをして、もう一度聞く。

「え？　部活？」

「……違《ちが》うよ」

「え？　泳ぐの？」

「泳がない」

「え？　じゃあなんで？」

「なんででしょう？」

「……わかんないけど」

なずなはずっと目を閉じたままだ。

「なんで、あたしはここにいるのでしょう？」

「………」

ボケもツッコミもないシュールな漫才《まんざい》のようなやりとりをこれ以上続けることができず、オレは黙《だま》ってしまった。なずながなんでここにいるのかなんて、オレに分かるわけない。どんな答えを望まれているのか想像もつかなくて、ミンミン蟬の大合唱をＢＧＭに黙る事しかできなかった。

と、目の前をフワリとトンボが通り過ぎた。

トンボはプールの水面を２〜３回タッチすると、今度はなずなの周りを飛び始めて……やがて、競泳水着の肩紐《かたひも》に着地した。

気づいているのか、いないのか、なずなはビクともしない。

「おい」

「なに？」

「留まってんぞ」

「なにが？」

「シオカラ、トンボ」

「……とって」

「え？」

「捕まえてよ」

なずなは変わらず目を閉じたままでオレに言う。

その声は甘えているような、やんわりと命令しているような、不思議なトーンだった。

トンボ採りは得意だ。だけど留まっているところがどうにも……おずおずと近づくと、当たり前だが、なずなの横たわった全身の姿が目の前に迫《せま》ってきた。

プールの授業は男女別なので、こんなに近くで女子の水着姿を見るのは初めてだった。

なんだか、この状況《じょうきょう》はとてもエロく……ってなに考えてんだオレは！　っていうか蟬《せみ》うるせえ!!

顔を少しだけ背《そむ》けながら、なずなの首筋に手を伸ばす。

必然、なずなの小さな胸の膨らみが目に入る。指先がかすかにふるえた。

トンボだ！　今はトンボに集中するんだ！

自分に言い聞かせるように、さらに手を伸ばす。７ミリくらい開いた親指と人差し指で羽を挟《はさ》もうとすると……トンボはスッと飛び立った。

「あ……」

あっという間に上空に飛び立ったトンボを見上げていると、なずなも上半身を起こした。

「へたくそ」

間抜けヅラでトンボを追っていたオレに、なずなが笑いながら言う。

「うるせえよ」

一瞬、なずなの顔を見るが、同時に目に入った胸元が気になって目を逸らした。こんなに至近距離でなずなと話をするのは、中学に入ってからはほぼ初めてかもしれない。

と、なずなの足元に置いてある丸い形をした石……ボール……玉？　みたいなものが目に入る。

それは天然のものとは思えないほど見事な球体で、なんとも形容し難《がた》い不思議な模様に彩《いろど》られていた。

「え？……なにそれ？」

「ああ……朝、海で拾ったの」

なずなはその不思議な球体を拾い上げると、オレに手渡《てわた》した。

朝、見かけたときに拾っていたのはこれだったらしい。テニスボールくらいのその玉は、なずなの手にあった時は大きく見えたが、オレの手の中では、少し小さく感じた。重さは見た目通りとも言えるし、思った以上に重いとも軽いとも言えるような、不思議な感触《かんしょく》だった。

「石？……ガラスか？」

「わかんない、でもなんかキレイだったから」

「へえ……」

手にしている玉を太陽にかざしてみると、不思議な色合いがより増して確かにきれいだ。

なずなと二人でオレの手の中にある玉を眺《なが》めていると、ガシャーンと鉄扉を開く音がした。オレは慌《あわ》ててなずなに玉を返して、元いたプールサイドまで早歩きで戻《もど》る。歩きながらなずなの方を盗《ぬす》み見ると、自分の手に戻ってきた玉をじっと見つめていた。

妙《みょう》にスッキリした顔で戻って来た祐介が、嬉《うれ》しそうに報告してきた。

「ウンコ出なかった！」

「あ、そうなんだ？」

じゃあなんでそんなスッキリした顔してんだよ？　とツッコめなかったのは、まだなずなのことが頭に残っていたからだ。

『なんで、あたしはここにいるのでしょう？』

なずなの言葉が、何故《なぜ》か再びよぎる。

だが、明らかに動揺《どうよう》しているオレのことをまったく気にせず、祐介はオレの肩に腕《うで》を回してきた。

「なに？」

「その代わり良《い》いこと考えたんだけどさ」

「50メートル、なんか賭《か》けて競争しねえ？」

「おー、いいねえ！」

何が〝その代わり〟なのかも〝いいねえ〟なのかもわからないが、なずなのことを誤魔《ごま》化《か》そうとわざとテンションを上げた。そのままゴーグルをつけて飛び込み台に立ち、祐介に言う。

「じゃあ、オレが勝ったら……ワンピースの最新巻買ってくれよ！」

「おー、いいぜ」

「え？　お前が勝ったら？」

「俺が勝ったら……なずなに告る」

「はあ？」

言うや否《いな》や、祐介はフライングでプールに飛び込んだ。オレは焦《あせ》って声を張り上げる。

「おい！　なんだよそれ⁉　ずりぃぞテメー！」

5メートルほど泳いで、祐介がプールから顔を出した。

「冗談《じょうだん》だよ、なずな取られたくねえんだろお前」

ドクン！

一瞬《いっしゅん》オレの心臓が大きく鳴った。

こいつはウンコなんかしに行ってなくて、さっきのオレとなずなのやりとりを全部見ていたんじゃないか？

「はあ？　なんだよそれ」

「今、なずなとなんか話してたろ？」

飛び込み台に上がりながら鋭《するど》いツッコミを入れてきた祐介の目は、ゴーグル越《ご》しだったが、マジだった。

「いや、何にも話してねえけど……」

「お前も好きなのかよ？」

「はあ？　なに言ってんのお前？」

「………」

「………」

短い沈黙《ちんもく》を破ったのは、妙に明るい声のなずなだ。

「なに？　50メートル？」

ヒタヒタと足音を立てながら近づいて来たなずなは、そのままオレたちの横の飛び込み台に立った。

「あたしもやる」

「は？　いや、これはオレと祐介の勝負だから。なあ」

「あ、うん」

なずなはオレたちの声なんか聞こえないかのように飛び込み台に立ちながら言う。

「なんか賭けてるの？」

「ああ、まあな……」

ワンピースはともかく、まさか告白を賭けているなんて言えるわけがない。それより気になったのは、さっきと全く違う別人のような、なずなの表情と声色《こわいろ》だ。

「じゃあ、あたしが勝ったらなんでも言うこと聞いて」

「なんだよそれ？」

「いーじゃん、なんでも聞いてよ！　わかった？」

「あ、うん……」

「わかった……」

オレも祐介も、わかってはいなかったが、なずなの勢いに押されて、そのよくわからない条件を受け入れてしまった。

でも、なんでも言うことを聞くって、願い事の幅《はば》が広すぎる。

「じゃあいくよー」

なずなは慣れた動きで飛び込みのポーズをとった。

なんだこれは？　どうしてこんなことになってるんだ？

呆気《あっけ》にとられたままのオレと祐介は顔を見合わせたが、なずなの「よーい！」の声に慌てて前屈《ぜんくつ》姿勢になった。

「スタート！」

三人揃《そろ》って水面に飛び込む。

その飛距離《ひきょり》からして、すでになずなとの差は歴然としていた。水中から見る、なずなの泳ぐフォームは見事で、オレたちをどんどん引き離《はな》していく。祐介との差はほとんどないから、オレは懸命《けんめい》に両手を回す。

5メートルほど先行したなずなが、これまた見事なフォームで身体《からだ》を翻《ひるがえ》して壁《かべ》を蹴《け》り、ターンを決める。水泡《すいほう》の向こう側から、三つ編みの束を揺《ゆ》らして、なずながこっちに向かってくる。

すれ違《ちが》った瞬間、なずなと目が合った。

朝、教室で1回、さっきプールサイドで1回、そして今。

どのなずなの目も、そしてそこから感じる想《おも》いも、まったく違うものだった。今回のなずなの目は、オレに何かを伝えようとしているように思えた。なんで、そんな風に思ったのかはわからないけど、ただそう感じた。

その時、初めてなずなが裸眼《らがん》であることに気づいた。

あれ？　こいつゴーグルしないんだ……。

余計なことを考えながらターンをしたせいか、体勢が崩《くず》れて足が変な方向に向いてしまったのがわかる。ヤバイッと思った時にはもう遅《おそ》かった。

ゴン！

「痛っ！」

ターンするときに水中を飛び出した足が、壁のへりに思いっきりぶつかってしまったようだ。かかとに激痛が走り、水中でもがいているうちに、なずなはもちろん、祐介の姿も、25メートル先に遠のいてゆく。

するると、目の前で弾《はじ》ける水泡に混じって、さっきなずなと見つめていた玉がゆっくりと沈《しず》んできた。なずなが置きっぱなしだったのか、足がぶつかった勢いでプール台から転がり落ちてきたようだ。

反射的に手を伸《の》ばそうとすると、その玉は急に水中で動きを止めた。

「？」

止まっただけではない。

ゆらゆらと揺れながらゆっくりと廻《まわ》りはじめて、ぼんやりとした光を発したのだ。

それはまるで灯台のレンズのように、サーチライト状にプールの中を照らしている。世界がスローモーションになったように、ゆったりと玉が沈んでいく。

「？？？」

なんだこれは？……水中に差し込んだ太陽の光が、玉に反射して起きている現象なのか？

無意識に手を伸ばして玉を摑《つか》むと、発していた光は止まった。

それと同時に息苦しさを覚えてプールから顔を出すと、先にゴールしていたなずなと祐介が何かを話している。

あいつ、マジで告白してんじゃねえだろうなあ。

オレは玉を手にしたまま、再びクロールを始めた。

なんとか泳ぎ切って水面から顔を出すと、プールサイドに上がったなずなが顔を濡《ぬ》らしたままで、オレのことを見下ろしていた。祐介は……？　と思って横を見れば、無表情のままブクブクと水中に沈んでいくところだった。

「おいっ」

慌てて祐介を引き上げようとして、自分の手の中にさっきの玉があることを思い出す。なずなもそれに気づいたらしく、ぐっとオレに手を差し出してきた。

「返して」

「え？」

一瞬意味が分からず問い返すと、さっきより強めの口調で、

「それ。あたしの」

と言われた。

さっき見せてもらったんだから、なずなのだってことくらい知ってる。だけど、そんなに大切なものなのか？

不思議に思いながら、こちらに伸ばされた手の中にそっと玉を返した。なずなはそれを受け取ると、振《ふ》り返らずにプールの出口に向かっていく。

オレはプールの中から、ただその後ろ姿を見送ることしかできなかった。

コントみたいな問答や、よくわからない50メートル競争。なずなは一体、なにがしたかったんだ？

結局、掃除《そうじ》をしないまま下校時間を告げるチャイムが鳴り、オレたちは教室に戻ることにした。廊下《ろうか》を歩く祐介は、さっきから黙《だま》ったままだ。

「おい」

「え？」

「何かあったのかよ？」

「え？　何かって？」

明らかに様子がおかしい。

さっきプールサイドでなずなと二人っきりになってから、祐介は何かに気をとられているみたいだった。オレは思いきって気になっていたことを聞く。

「さっき、なずなに告白したのか？」

「はあ？　なんで!?　そんなわけねえだろ！　バカじゃねえのお前！」

言い捨てると、祐介は廊下をスタスタと歩いて行ってしまった。

「あ、いや……ごめん」

なぜか突然《とつぜん》キレた祐介に呆気に取られながら、オレも祐介を追う。

教室に戻《もど》ると純一と稔が、和弘《かずひろ》と黒板の前でなにやら言い争っていた。

「丸だよ！」

和弘の甲高《かんだか》い声が響《ひび》く。和弘はクラスでいちばん勉強ができるけど、真面目《まじめ》なだけにすぐに熱くなる。

「平べったいんだよ、バーカ」

何かにつけて和弘をからかう純一が小突《こづ》きながら言い返している。

「絶対丸だって！　考えてみろよ、火薬が爆発《ばくはつ》すんだぞ、丸いに決まってんだろ！」

「なあなあ典道、花火って横から見ると丸いと思う？　平べったいと思う？」

オレと祐介に気づいた純一がいきなり話しかけてくるが、突然こっちに振られてもわけがわからない。

「なにそれ？　ロケット花火？」

テキトーに答えると、純一の味方をしていたらしい稔が言った。

「ちげえよ、デカい打ち上げ花火だよっ。今日の花火大会で上がるようなやつ！」

「打ち上げ花火？　んー、平べったいんじゃね？」

さらにテキトーに答えると、優位に立ったと思った純一が和弘をさらに小突く。

「ほらみろ」

「ふざけんなよ！　丸いに決まってんだろうが!!」

「祐介は？」

自分の席にいた祐介は、バッグを背負いながら興味ゼロで答える。

「え？　わかんねえ」

その言い方にカチンと来たのか、和弘がますますヒートアップする。

「バカじゃねえの？　お前ら。だって線香《せんこう》花火だって丸いだろ!?」

「デカいのはわかんねえじゃねえかよ！」

純一も語気を強めて言い返す。

「じゃあお前ら平べったい花火見たことあんのかよ？」

「俺あるぜ」

稔が和弘の前に立って、30センチの身長差を見上げながら自信満々に言った。

「去年爺《じい》ちゃんの家で花火大会見た時、庭から見たら平べったかったぜ。こっからじゃ角度が悪いって爺ちゃんも言ってたもん」

「ほおら！　爺ちゃんが言うなら間違《まちが》いない！」

「爺ちゃんボケてんだよ！」

「ボケてねえよ！　半分しか！」

「話にならねえよ！」

「じゃあ多数決取ろうぜ」

「そういう問題じゃないんだよ！　丸いんだよ花火はっ!!」

「平べったいと思う人ー」

なんなんだ？　このアホな会話は？

どうやらこいつらは、空に上がった打ち上げ花火が見る方向によって丸く見えるか、平べったく見えるか。さっきからそれを言い争っていたらしい。

そんなことより、さっきぶつけたかかとが痛み出してきたオレは早く帰りたかった。

どうでもいい多数決から目を逸《そ》らすと、制服に着替《きが》えたなずなが教室に入ってくるところだった。

まっすぐ自分の机に向かうなずなと、今度はオレではなく祐介の視線が一瞬《いっしゅん》絡《から》む。なずなはじっと見ていたけど、祐介は何かが気まずいのかすぐに窓の方を向いてしまった。

やっぱりさっきのプールで、二人に何かあったのか……？

そんなことを考えている間に、なずなは無言で自分の席の鞄《かばん》を持って教室のドアへと向かっていく。廊下にその姿が消えてゆく直前、もう一度なずながオレたちの方を見たような気がしたけど、オレを見ていたのか祐介を見ていたのかはわからなかった。

しばらくなずなが開けっ放しにしていったドアの方を見ていたが、

「よし、そんなに言うなら賭《か》けようぜ」

急に冷静になった和弘の言葉で、一気に現実に引き戻される。

「おー、じゃあもし花火が平べったかったら、夏休みの宿題俺らのぶん全部和弘がやれよ！」

花火の議論には興味がなかったが、純一にしてはナイスな提案だ。

「おー！　いいねいいねー！　そうしようぜ!!」

まだ一つも宿題に手をつけていないことを思い出したオレは、このアホな議論に急参戦することにした。

「じゃあ丸かったらどうすんだよ？」

「三浦先生のパンチラ写真やるよ！」

と、純一がスマホをかざす。和弘が三浦先生にほのかな想《おも》いを抱《いだ》いていることはクラス中が知っていることだ。

「え!?　そこに入ってんの？」

「これから撮《と》ってやるよっ」

「どうやって？」

「こうやって落とし物拾うフリしながら撮るんだよ！」

純一がジョジョ立ちのような上半身を反らした格好でシャッター音を鳴らす。そのアホなやりとりを聞きながらふと気づいた。

「……なあでも花火を横からってどうやって見るんだよ？」

「そんなの簡単だよ」

和弘が壁《かべ》に貼《は》ってある茂下町の地図に近寄る。

「いいか、ほらこの茂下灯台、海岸からちょうど真横の位置に建ってるだろ？」

今夜、花火大会が行われる茂下海岸は、半円状の入り江《え》になっていて湾《わん》の真ん中に小さな島がある。花火はそこから打ち上げられ、ほとんどの見物客は海岸から見るのだ。

「花火が上がるのがこの茂下島だから、つまり灯台からは花火が横から見えるってことになりませんか？」

メガネの縁《ふち》に指をかけて、急に理性的になった和弘に負けじと、純一も強気で答える。

「よし！　じゃあ今夜みんなで灯台に行こうぜ!!」

「え？　みんなで？」

思わず乗ってしまったが、灯台まではそこそこの距離《きょり》がある。学校で行われている冬のマラソン大会のコースにもなっていて、その辛《つら》さが急に蘇《よみがえ》ってきたが、こうなった純一を止めることはできない。

「当たり前だろ。祐介、お前も行くよな」

今まで会話に入ってなかった祐介は、急に話をふられたせいか驚《おどろ》いた様子で瞬《まばた》きをする。

「え？　どこに？」

「灯台だよ！　お前ちゃんと聞いてた⁉⁉」

「花火が丸いか、平べったいか、実際に見て決着つけるんだよ！」

純一と和弘のテンションに押されたのか、祐介は慌《あわ》てて返事をした。

「あ、うん。じゃあ行くよ」

「おーし！　じゃあ5時に茂下神社集合な‼　これで夏休み遊びまくれるぞー‼」

「まくれねえし！　っていうかマジでパンチラ写真撮ってくれるんだろうな！」

和弘を無視して、純一と稔はハイタッチで盛り上がる。

「まあ、宿題やってくれるならいっか……」

言いながら見ると、祐介は浮《う》かない表情で窓から校庭を見ていた。

「どうした？　祐介」

「あ？　どうもしねえよ！」

「え？　なんでキレてんの？　さっきから」

「キレてねえよ！　つーかいいじゃねえかよ！　灯台行こうぜ!!　楽しそうじゃん!!」

「お、おう……」

半ギレからいきなりのハイテンションに戸惑《とまど》っていると、ギャアギャア言いながら教室を出てゆく純一たちに祐介も付いて行った。

なんだ？　あいつ……。

ふと祐介が見ていた校庭へ目を向けると、野球部が練習をしている校庭のど真ん中を歩いて行く、なずなが見えた。

その後ろ姿は何かを決意し、目標に向かって突《つ》き進んでいるように見えた。

「じゃあ5時な！　お前ら遅《おく》れんなよ！」

やけに明るい声で手をパーにしながら、祐介はY字路の右方向にマウンテンバイクを走らせて行った。

「え？　あいつなんであんなにテンション高《たけ》ぇの？」

「さあ……さっきウンコ出なかったとか言ってたけど」

「ウンコパワーかなあ」

偏差値《へんさち》30以下の会話をしながら、純一とオレと稔は、Y字路の真ん中に立つ樹齢《じゅれい》不明のブナの木の下で祐介を見送った。

ブナの木の前には錆《さび》だらけの町内掲示板《けいじばん》があり、

【希望の光　8月1日　茂下町花火大会　19時～20時】

と書かれたポスターが貼ってある。色とりどりの花火がレイアウトされたポスターは、ここ数年ほとんどデザインが変わっていない。

「なあ、この花火丸いぜ……」

ガリガリ君を囓《かじ》りながら稔が焦《あせ》ったように呟《つぶや》く。

「だからこれは正面から撮影《さつえい》したんだろ。こうやって横から見たらほら、平べったいじゃねえか！」

純一が掲示板の横から片目でポスターを見る。

「ほんとだ！」

「だから灯台まで見に行くまでもねえんだよ。ん？　典道、血ぃ出てんじゃん」

「え？」

純一に言われてかかとを見ると、白いソックスにうっすらと血が滲《にじ》んでいた。

「ああ、さっきプールでターンする時、ぶつけちゃってさ」

「ターンで？　なにそれ？」

「いや、なんか足が思ってたより飛び出ちゃってさ」

「わけわかんねえんだけど」

「オレも」

純一に言い返しながら水中で目が合った、なずなの顔が頭に浮かんだ。たぶん目が合ったのはほんの1～2秒のことだったはずだけど、あの時はもっと長く感じた。それくらいに強い視線だった。

「純一、水の中で目ぇ開けられる？」

「は？　ゴーグル無しで？」

「うん」

「いや無理だろ。痛《いて》えし」

「だよな。稔は？」

「低学年の時は開けられたけどなー。プールの授業でさ、水中ジャンケンとかやらされたじゃん」

「あー、あったなあ」

そうだ。まだちゃんと泳げなかった頃《ころ》は潜《もぐ》るくらいしかできなくて、先生がプールに投げた消毒剤《ざい》をみんなで競って拾ってたっけ。

あの時は確かにゴーグルなんて着けていなかった。着けていなくても世界はハッキリ見えていた。

「じゃあ、5時な」

「ああ」

Y字路を左にスケボーとキックボードを走らせる純一たちを見送りながらペダルを踏《ふ》み込むと、かかとの傷は鈍痛《どんつう》からハッキリとした痛みに変わっていた。

痛みをこらえながらふと思った。

なずなには今でも、水の中の世界がハッキリと見えているんだろうか。


風に揺《ゆ》れる【臨時休業】の札を見ながら店の裏に回る。ポストから鍵《かぎ》を取り出し、玄関《げんかん》を開けると家の中は、夏の留守宅独特の湿気《しっけ》が充満《じゅうまん》していた。

「あっちぃ〜」

汗《あせ》ばんだYシャツを洗濯《せんたく》カゴに投げ入れて冷蔵庫を開けると、昨日飲みかけのまま入れておいたコーラのペットボトルがなかった。

あれ？　母さんに捨てられちゃったのかな？

冷凍庫《れいとうこ》を開けると、父さんお気に入りのスイカバーが一本だけ残っていた。誰《だれ》だか知らないが、スイカバーを食べやすい三角形にしたのと、チョコチップをまぶすことを考えたヤツは天才だと思う。

少し痛みが増してきた右足を引きずりながら階段を昇《のぼ》り、部屋の襖《ふすま》を開けると、そこには祐介がいてマリオカートをやっていた。

「うわ!! ビックリしたー!!!」

「おかえりー」

驚いてスイカバーを落としそうになったオレとは対照的に、祐介はこちらを振《ふ》り返りもせずコーラを飲みながらゲームを続けている。

「おかえりじゃねえよ! なんでいるんだよお前」

「不用心だよなーお前んち、ポストに鍵とかベタすぎんだろ」

「だからって勝手に入んじゃねーよ。っていうかコーラも勝手に飲むなよな」

「いーじゃねえかよ。どうせ5時までヒマなんだろ? 偶然《ぐうぜん》だな、俺もヒマなんだよ」

「そういう問題じゃねえだろ」

言いながら祐介の横に座る。目ざとい祐介がオレのスイカバーに気づいて、目を輝《かがや》かせた。

「お、スイカバー俺にもくれよ」

「一本しかねえんだよ」

「お前、おもてなしって言葉知ってる？」

コントローラーを握《にぎ》りながら祐介はスイカバーにかぶりつき、ニヤリと笑いながら言った。

「なあ、スイカバー三角形にしたヤツって天才だと思わねえ？」

結局、祐介といちばん仲が良《い》いのは、こういうところで気が合うからなのだろう。さっきみたいなちょっとした言い争いやケンカをしても、いつもこうやって次に会った時はケロッとしている。

オレはもういっこのコントローラーを手にして対戦モードに切り替《か》えた。祐介はクッパ、オレはルイージ。これも昔からまったく変わらない。

マリオカートに夢中になっていて気づかなかったが、外から聞こえる蟬《せみ》の声はミンミン蟬《ぜみ》よりヒグラシの方が多くなっていた。

「おい、もうすぐ5時だぜ」

祐介はクッパをドリフトさせながら答える。

「あー、ちょっと遅れてくらいでいんじゃね？」

「まずくね？　つーかお前、遅れんなよとか言ってたじゃん」

「つーかさ、花火なんて丸いに決まってんじゃん」

ペットボトルのコーラを飲み干しながら、祐介は半笑いで言った。

「え？　そうなの？」

「そうだよー、え？　お前マジで言ってんの？」

「いや、まあうん……」

「バカじゃねえのお前？　どこの世界に平べったい花火があんだよ。火薬が爆発《ばくはつ》すんだからどこから見ても丸いに決まってんじゃねえかよ」

祐介は部屋に転がっていたサッカーボールを拾ってオレに手渡《てわた》した。言われてみるとそんな気もするけど、どこか納得《なっとく》できない気持ちがある。

「そっか……でもあれ？　漫画《まんが》とかで描《か》かれているサッカーボールは平べったいよな……」

「だからそれは漫画だからじゃねーかよ。二次元っつーんだっけ？」

「でも、もしも平べったかったらどうする？」

食い下がるオレに視線を合わせ、呆《あき》れ顔で祐介は言った。

「そんな世界あるわけねえだろ」

「じゃあなんで言わなかったんだよ、さっき」

「は？　あいつらに付き合ってやっただけじゃん」

「そうなの？」

「まあでもそろそろ行ってやるか。あ〜あ、かったりいなあ」

言いながらゲーム機の電源を切って、祐介が立ち上がった。

今日の祐介はテンションのアップダウンが激しすぎてよくわからない。けど、とりあえず待ち合わせに向かうためにオレたちは勝手口に向かった。ところが、

「痛ぇ……」

表に出てスニーカーを履《は》こうとしたが、右足がうまく入らない。

見ると血は止まっていたが、かかとの傷が膨《ふく》れ上がっていた。それどころか傷口がグジュグジュで、自分でもちょっと引くくらいのグロさになっている。

それに気づいた祐介が大げさな声を出す。

「うわ、なにそれ？　キモっ！」

「プールでぶつけたとこだよ？」

「プール？　ぶつけたっけ？」

「お前もいたじゃん。競争した時だよ」

「は？　競争？　え？　なにそれ？」

「やったじゃん、オレとお前と及川で！　50メートル競争」

「知らねえし」

とぼけているのか覚えていないのかわからないが、祐介は真顔だった。祐介の本心が見えず、オレはそれ以上追及《ついきゅう》することができない。

「つーかお前これ医者行った方がいいぜ」

「大したことねえよ」

「わかんねえぞお前、破傷風にでもなったら死ぬかもしんねえぞ」

「……そうなの？」

医者の息子《むすこ》だからというわけではないが、祐介の声色《こわいろ》の妙《みょう》な説得力にオレはちょっとビビった。

「俺んち行ってさ、親父《おやじ》に診《み》てもらえよ。純一たちには俺から言っておくから」

「えーやだよ、一緒《いっしょ》に来いよ。つーか金もねえし」

「待ち合わせに遅《おく》れるだろうが。行けって、治療費《ちりょうひ》は後でいいからさ」

さっきまで待ち合わせに遅れてもいいって言ってたのは祐介のはずだ。けど、そこまで言われたら行くしかないような気になってくる。

それを察したのか、一転、優《やさ》しい声色になった祐介はオレの肩《かた》に手を回してきた。

「あとさ」

「あ？」

「もしウチになずながいたら、俺は行けなくなったって言っておいて」

「は？　なにそれ？」

何でもないことのように放たれた祐介の言葉にオレは混乱する。なんでなずなが祐介の家にいるんだよ？　行けなくなったってどういうことだ？

疑問符《ぎもんふ》だらけのオレにさらに顔を近づけると、祐介はなぜか小声になった。

「……なんかアイツに花火大会行こうとか誘《さそ》われてさ」

「いつ？」

「さっき」

「さっきって？」

「……プールで」

その言葉でプールで見た二人の様子と、さっきからアップダウンを繰《く》り返す祐介のおかしなテンションがつながった。やっぱり、あのとき何かあったんじゃねーか！

「……やっぱり覚えてんじゃねえかよ！　っていうか、行けばいいじゃん、好きなんだろ？」

「は？　なにそれ？　そんなわけねーじゃん、いつ言った？　そんなこと」

「ずっと言ってたじゃねーかよ」

「は？　なんて」

「だから好きだって、告りてえって、さんざん言ってたじゃん！」

とぼける祐介に苛立《いらだ》ちが募《つの》って、語気がどんどん荒《あら》くなっていくのが分かる。すると祐介はなぜか急にその場でクルクルと回りながら大声で叫《さけ》び出した。

「ギャグだよギャグ！　あんなブス好きになるわけねーじゃん！　バカじゃねえのお前！

あーやだやだ!!」

「は？……」

呆気《あっけ》に取られているオレを残して、祐介は急に走り出した。

「じゃあ俺先行ってるからな！　なずなのこと頼《たの》んだぞ!!」

ったく、なんなんだ今日のあいつは……？　すべての言動が全く理解できねえよ！

いや、それよりも気になったのは、なずなが祐介を花火大会に誘ったことだった。

なずなは祐介のことが好きなのか？

今日一日で3回も目が合ったオレよりも？

『……とって』

プールサイドで目を閉じたままオレに言った、なずなの声が脳裏《のうり》に蘇《よみがえ》る。

『捕《つか》まえてよ』

足を引きずりながら坂道を上り、安曇医院の前に着いた。病院に来るまでの道のりで痛みはさらに増したようで、一歩踏《ふ》み出すだけでかかとだけじゃなくて右足全体がジクジクと痛む。

本当に破傷風とかになってたらどうしよう。不安を感じながら観音開きのガラスドアを開けると、待合室には祐介の予告通り、なずながいた。

窓から差し込む西陽《にしび》を避《さ》けるように、長椅子《ながいす》の隅《すみ》に座っていたなずなが、ドアの音に気づいて顔を上げる。目が合うのは、今日だけで4回目だ。

うわ、本当にいるじゃん……っていうか、なんで浴衣《ゆかた》着てるの？

初めて見る浴衣姿のなずなは、いつもと違《ちが》って見えた。紺色《こんいろ》の浴衣に朱色《しゅいろ》の帯が映えていて、なんだか大人っぽい。

そっか、浴衣を着て祐介と花火大会に行きたかったんだ……。

やって来たのが祐介ではなく、オレだったことが意外だったのか、ガッカリしたような、何かを訴《うった》えるような、そんな目でオレを見ている。

その視線に耐《た》えきれず、受付の小窓に逃《に》げ込んだ。

「すみません、祐介君の紹介《しょうかい》で来たんですけど……」

喉《のど》がカラカラだったせいで、声が掠《かす》れる。

「え？　なに？」

赤ん坊《ぼう》の頃《ころ》から知っている、太った看護師のオバちゃんは小窓の向こうで煎餅《せんべい》を食べていた。オレも祐介もこの人の本名を知らず、ずっと〝オバちゃん〟と呼んでいる。

「いや、そのちょっと足を怪我《けが》しちゃって」

「あら、どうぞ。入って」

「はい……」

なずなの視線を背中に感じながら、逃げるようにオレは診療室《しんりょうしつ》に入っていった。

消毒液を塗《ぬ》られただけの治療はわずか1分で終わり、ガーゼの上から包帯をグルグルと巻かれていく自分の足を、オレはぼんやりと見ていた。

「破傷風になんかなるわけないだろ、この程度の傷で。ったくあいつは適当なことばっかり言いやがって……」

診療室の床《ゆか》に拡《ひろ》げられたゴルフのパターマットで、ボールを打ちながら祐介の父親は呆れ顔で言う。オレは何と言っていいのかわからず、生返事をすることしかできなかった。

「はあ……痛っ」

「ほら、動かないで」

オバちゃんの治療は昔から雑だ。そして痛みを訴えても改善されることはない。

「で、祐介はどこに行ったの？」

「あ、なんか花火大会に……」

包帯を巻きおわったオバちゃんが言う。

「ああ、そういえばさっき、同級生の女の子が迎《むか》えに来てましたよ」

「ったくなにが花火大会だ……遊んでばっかりいやがって。だから私立の中学に行けって言ったのに」

ブツブツ言いながらさらにゴルフボールを打つが、さっきから一つも入らずにマットから逸《そ》れてゆく。診療室の床にはいくつもボールが転がっていた。何気に見ていたそのボールは、当たり前だがどれも球体の形をしている。

ふと、なずなが持っていた不思議な玉や、花火のポスター写真を思い出した。

「……あの、花火って丸いんですかね？　平べったいんですかね？」

「え？」

無意識に出てしまった質問に、オバちゃんと祐介の父親の視線が集まる。オレは「あ、いや、なんでもないです……」と慌《あわ》てて言葉を取り消した。

待合室に戻《もど》ると、なずなはさっきと同じ姿で長椅子に座っていたが、今度はオレを見ることはなく、視線は床に縫《ぬ》い付けられたままだった。

「じゃあ一応お薬出すから待ってて」

「はい」

小窓越《ご》しにオバちゃんに言われて、なんとなくなずなから離《はな》れた長椅子の端《はし》に座った。

ヒグラシの声に混じって、遠くから花火の試《ため》し打ちらしき音が聞こえる。

「…………」

「…………」

30秒……1分……オバちゃん！　早く薬出してくれよ！

祈《いの》るような気持ちで小窓に視線をやるが、その扉《とびら》は閉ざされたままだ。チラリとなずなに視線を送るが、その横顔がこちらを向くことはなかった。

古い柱時計のカチコチ音が逆にこの沈黙《ちんもく》を強調する。

首筋に汗《あせ》がすっと流れた瞬間《しゅんかん》、オレは耐えきれずに声をかけた。

「……祐介、待ってるの？」

聞こえているのか聞こえていないのか、まったく反応はない。オレは出来るだけなんでもないような声色を出して、事実を伝えた。

「……来ないよ」

「……あっそう」

あっさりそう言ったなずなは、オレを見ずにキャリーバッグに手を掛《か》けて立ち上がり、パタパタと草履《ぞうり》の音を立てながら出て行ってしまった。

なんだ？　あのデカいバッグは？　あいつ、花火大会にあんなもの持っていくつもりだったのか？

試し打ちが終わったのか、待合室には再びヒグラシの声が鳴り響《ひび》いた。

やっとオバちゃんが小窓から顔を出す。

「はい、お薬。治療費は今度持ってきてね」

「あ、はい……」

薬袋《やくたい》をポケットに突《つ》っ込んでドアノブに手をかけると、まだなずなの手の温度が残っているような気がした。

外に出ると、さっきより気温が下がっていて、海風が坂道を吹《ふ》き抜《ぬ》けてくる。

「神社行くか……ってまだいんのかな、あいつら……」

それとも直接灯台に行った方がいいかな……と呟《つぶや》きながら坂道を降りようとすると、さっき出て行ったはずのなずなが道の真ん中に立っていた。うつむきながら、足の指で草履の赤い鼻緒《はなお》をいじっている。

「え?」

思わず出てしまったオレの声に気づいたのか、なずなが顔を上げる。

なずなの向こう側では、坂道の下から広がる海が薄《うす》オレンジ色に染まり始めていた。オレンジの空と海に浮《う》かぶなずなは、紺色の浴衣を着ているせいか夜を切り取ったようにも見える。風にたなびく髪《かみ》の間から、強い視線がオレに突き刺《さ》さった。

映画の1シーンみたいな光景に、思わず目を奪《うば》われる。

無言で見つめていると、なずなが沈黙を破った。

「ちょっといい?」

「え?」

「ちょっと、歩かない?」

「え……あ、うん……」

わけもわからないまま一緒《いっしょ》に坂道を下っていく。Y字路に向かう道に出ると、花火大会に向かう人たちが海岸の方向に歩いていた。

なんだ？　この状況《じょうきょう》は？……なんで今オレ、なずなと一緒に歩いているんだ？

えっと、神社行かなくていいんだっけ？　今頃《いまごろ》あいつらどうしてるかな……。

状況を打ち破る方法がわからないまま、なずなに声をかけることもできず、頭の中で「？」を並べ続けている。なずなの方も「歩かない？」と誘ってきてから一言も発していない。

やっぱりオレが何か話すべきか……と口を開いた瞬間、

「もし……」

キャリーバッグを転がしながら、２メートル前を歩いていたなずなが、振《ふ》り返らないまま小さな声を出した。

「え？」

その小さな声を聞こうと、オレは少しだけなずなの背中に近づく。

「もし、島田君を誘《さそ》ってたらどうした？　やっぱり安曇君みたいに……逃げた？」

「…………」

「クロール、勝った方を誘おうと思ったの。あの時、急にそう思ったの」

「…………」

答えられずにいると、なずなは足を止めて振り返った。

「島田君が勝つと思ってた」

「………」

「なんで負けたの？」

正面から見つめられてそう聞かれると、嘘《うそ》をつくことは許さないと言われているような気になった。けれど、なんて答えればいいのかわからなくて、オレの口からは言い訳のような言葉しか出てこない。

「いやだって、及川が速いから……ちょっとあせって……」

オレの答えが気に食わなかったのか、キャリーバッグから手を離したなずながオレの方へと2～3歩距離《きょり》を詰《つ》めてくる。その勢いに押されて、オレは思わず後ずさる。

「あたしのせい？」

「………」

「全部あたしのせいなの？」

「………」

ちょっと待ってくれ。いきなりそんなこと言われても……っていうか、なずなはオレが勝つって思ってた？　でも、負けたから祐介を誘った？　ってことは……わけわかんねえんだけど！

沈《しず》みかけた夕陽《ゆうひ》が逆光となり、なずなの顔はほとんどシルエットだったが、微《かす》かに目が潤《うる》んでいるように見えた。泣いてる？……なんとか言葉を探そうとしたが、頭が真っ白になってしまって何も出てこない。

思わず逸らした視線の先に、置き去りにされたキャリーバッグが飛び込んでくる。オレはプールの話を打ち切って、キャリーバッグに話を切り替《か》えるのが精一杯《せいいっぱい》だった。

「つーかなんだよ、それ？」

「なにが？」

露骨《ろこつ》に話を逸らしたのがわかったのか、なずなが不機嫌《ふきげん》そうに眉《まゆ》をひそめた。オレは慌ててなずなの後ろにあるバッグを指さす。

「それ、カバン」

言われて気がついたのか、なずなはくるりと振り返ってキャリーバッグに手をかけた。そのまま再び前を向いて歩きだす。オレは慌てて追いかけた。

「……なんだと思う？」

背中越しながらさっきまでの深刻さが嘘のように、いつもの軽やかななずなの口調が戻ってきた。

だけど、今はその「いつも通り」に嘘っぽさしか感じられない。

「わかんねえよ」

「家出してきたの」

家出？　唐突《とうとつ》に、しかも何でもないことのように明るく言われた言葉が、なずなのギャグだと思ってオレは半笑いになってしまった。

「ハハ……マジかよ？」

「マジ。出て行くの、あたし。この町から」

ゆったりとしたペースだが、なずなの足は止まらず進み続けている。その行き先が本当に町の外に向かっているように思えて、オレは探《さぐ》るように声をかけた。

「……冗談《じょうだん》だろ？」

「そう、冗談」

「はあ？　どっちだよっ」

「……どっちでしょう？」

またこのパターンかよ……だが、昼間にプールで交わしたシュール漫才《まんざい》のようなやりとりの時と比べて、なずなの声のトーンは少し違《ちが》っていた。

とにかく、顔が見えないから本音なのかどうかがわからない。

なずなの足が止まった。

こっちを向いてくれ。

願いが叶《かな》ったのか、急になずながオレのほうを振り返った。完全に夕陽を背にしていたのでシルエットはさらに深まったが、オレたちの目がしっかりと合わさったことはわかる。

「なんで島田君が勝つと思ってたか、わかる？」

今にも涙《なみだ》がこぼれ落ちそうな瞳《ひとみ》が反射鏡となり、首元が伸《の》びたTシャツ姿のオレが映っていた。

「……いや、わかんないけど……」

すると突然《とつぜん》、なずなの背後から空気を切り裂《さ》くような声が聞こえた。

「なずな!!」

見ると、Y字路から小走りでこっちに走ってくる……あれは確か……なずなの母親のはずだ。遠くてわからないけど、その声のトーンから異常事態だということはわかった。

ドン！

呆然《ぼうぜん》としたままのオレの身体《からだ》に、鈍《にぶ》い衝撃《しょうげき》が走った。バッグを押し付けるようにオレに預けながら、なずながパタパタと走り出す。

「なずな！　待ちなさい!!」

サンダルのバタバタがオレの横を通り過ぎ、15メートル先の草履のパタパタに追いついて、なずなはあっさりと母親に捕《つか》まってしまった。

「なずな！　アンタなに考えてんの!!」

なずなは母親を振り払《はら》おうと、必死で抵抗《ていこう》している。

「やめて！　離して!!　やめてよ!!」

だが、なずなの襟元《えりもと》をがっつりと摑《つか》んだその手は緩《ゆる》まなかった。

「いい加減にしなさいよ！　いっつもいっつもアンタは!!」

「うるさい！　離して！　離せ!!」

テレビ以外で女同士のバトルを初めて観《み》たオレの体は完全に固まってしまった。そもそも、なずなはあんなに暴れまわるような奴《やつ》じゃないし、何度かしか会ったことはないけど、なずなの母親もこんなヒステリックな人じゃなかったはずだ。

やがて力を失ったのか、観念したのかはわからないが、母親に襟首《えりくび》を摑まれたなずなが引きずられていく。オレの前を通っていくとき、すがるような声があがった。

「典道君！　助けて!!」

「!!」

急に下の名前を呼ばれたことと、なずなの声に反応した母親がオレをキッと睨《にら》みつけたことに動揺《どうよう》して、オレの体は完全に硬直《こうちょく》してしまった。

「返しなさい！」

両手で抱《だ》きしめるような形になっていたキャリーバッグに母親が手を伸ばす。

だが、なぜだかオレはこのバッグを手放してはいけないような気がして、思わず力を入れてしまった。

「離《はな》しなさい！」

そう言いながらさらに伸びてきた手が、バンダナの巻かれたバッグの取っ手にかかる。

体をひねって抵抗しようとしたが、女とはいえ大人の力には敵《かな》わず、両手から離れてしまった。

その勢いでバッグが開き、そのまま地面に崩《くず》れるように中身が散らばっていく。

バッグを奪われた反動で思わず地面に倒《たお》れてしまったオレの視界に、バッグから散らばる洋服やポーチや小さなぬいぐるみが、スローモーションのように映った。

「やだ!!　行かない！　行きたくない!!」

母親に引きずられながら泣き叫《さけ》ぶなずなの声が響《ひび》く。

突然の出来事にまだ正気を取り戻《もど》せないオレは、Y字路の方に遠ざかるなずなと母親の姿を、膝立《ひざだ》ちで傍観《ぼうかん》することしかできなかった。

なずなの姿がフェイドアウトしかけた時、背後から聞き慣れた声が聞こえてくる。

「おい！　なんだよあれ⁉」

振り返るとそこには、駆《か》け寄ってくる純一たちがいた。一部始終を見ていたのか、皆《みな》興奮しているようだった。

「あれなずなだろ？　なにアイツ、超《ちょう》ヤバかったじゃん」

「母ちゃんもヤベえ！　アイツなにやったの？」

「つーか典道、お前なんでここにいんの？」

膝立ちのまま言葉を発せないオレに構わず、純一が稔の襟首を掴んで、笑いながらなずなと母親の真似《まね》をする。

「アンタって子はもう！」

「やめて！　離してよ‼」

「超ウケんだけど！」

だが、祐介だけは即興《そっきょう》モノマネで盛り上がる純一たちをよそに、Y字路の方をじっと見ていた。

瞬間《しゅんかん》、オレは祐介に猛烈《もうれつ》な怒《いか》りを感じた。

理由はわからない。

「見るなよ！」

オレは立ち上がりながら祐介の顔を思いっきり殴《なぐ》り、そのまま馬乗りになって、さらにパンチを浴びせた。

理由はわからない。

でもなぜだか、なずなのあんな姿を祐介が見ることが許せなかったのだ。

4発目のパンチを入れようとした右手を純一が掴む。

「やめろよ!!」

「なにやってんだよお前!!」

和弘がオレの体を引き剝《は》がしにかかるが、オレは全力で抵抗する。

「離せよ!」

地面に倒れたままの祐介は、顔面を押さえたまま動かなかった。

祐介とは腐《くさ》るほどケンカをしてきたが、それはいつもどこかじゃれ合いで、本気で誰《だれ》かの顔を殴るのは初めてだった。

人を殴ったことに対する興奮と、小さな恐怖心《きょうふしん》をどうしたらいいのかわからず、オレはY字路と逆方向に歩き出した。

「おい！　どこ行くんだよ!?」

後ろから純一の声が聞こえたが振《ふ》り返りたくなかった。

地面に散らばったままの、なずなの洋服が目に入る。Tシャツ、ワンピース、靴下《くつした》、肌着《はだぎ》、セーター……アイツ、本気で家出するつもりだったのか……。

と、土で汚《よご》れたぬいぐるみの近くに何かが鈍く光っていることに気づいた。

あれは……なずなが持っていた、変な玉だ。

拾い上げると、その玉はボンヤリと赤や緑や黄色の光を発しながら、ほんの少し熱を帯びているようだった。

『なんで島田君が勝つと思ってたか、わかる？』

さっきのなずなの言葉が蘇《よみがえ》る。

もし……もしもオレがあの時……。

玉を拾い上げ、握《にぎ》った手に少し力を入れると、それに呼応するように光が強くなった。

もしオレが祐介に勝っていたら……どうなっていたんだ？

「おい！　てめえどういうつもりだよ！」

「典道！　なんとか言えよ!!」

言いながら近づいてくる純一たちに振り返り、腕《うで》を回しながらオレは思いっきり叫んだ。

「もしもオレがぁ!!!」

【Y字路の近く】

典道、叫びながら玉を投げる!!
玉、灯台レンズのように光を発し、回転しながら飛んでいく。
「おわっ!!!」
よける純一たち。
玉、純一たちを通り抜《ぬ》けてY字路の花火大会のポスターに当たる。
その瞬間、玉が不思議な発色と共にさらに強く光り、周囲が異次元空間のようになる。
光に包まれる典道、祐介、純一たち。
典道「!!!?????」
遠くに見えていた風車のプロペラがゆっくりと止まり、やがて逆回転で動き出す。
フラッシュ――。
典道がカレーに落とした卵の黄身が逆回転して殻《から》に戻ってゆく。

祐介の父親のゴルフボールが逆回転で転がる。
典道の自転車の車輪が逆回転する。
さらになずなの短いフラッシュ——。
海を見ている後ろ姿のなずな。
教室で典道を見たなずな。
トンボが留まっているなずな。
なずな「なに？　50メートル？　あたしもやる」
なずな「じゃあ、あたしが勝ったらなんでも言うこと聞いて」
トンボがふわりと飛び立つ。
典道と祐介となずな、プールに飛び込む。

「もしも……あの時……オレが勝っていたら……」

もしもの世界・その1

飛び込みの段階で早くも差をつけられた。2メートル先を泳ぐなずなのクロールは、後ろ姿でも完璧《かんぺき》なフォームであることがわかる。その無駄《むだ》のない手足の動きで、どんどん遠ざかっていく。

だが、横を泳ぐ祐介《ゆうすけ》との差は、ほとんどない。

ターンが勝負だな……両手を必死で回しながら思った。

これまた見事なフォームで、先にターンをしたなずながこちらに向かってくる。すれ違《ちが》う瞬間なずなを見るが、オレの視線には気づかなかったのか前だけを見てまっすぐに突《つ》き進んでいく。

あれ……？

今のカンジ……お互《たが》いにクロールで泳ぎながら水中ですれ違うこのカンジ……前も同じようなことがあったような気がした。なんて言うんだっけ、こういうの……キシカン？

デジャ……なんだっけ……。

そんなことを考えていると、目の前に壁《かべ》が近づいてきた。

頭の中でさっきのなずなの完璧なターン姿をイメージして、鼻息を出しながら頭を潜《もぐ》らせる。それと同時に膝《ひざ》を曲げ、両足の裏を壁に付けて、思いっきり蹴《け》る。

よしっ！　うまくいったぞ。

横を見ると、祐介は回転がうまくいかずに、水中でもがいていた。

息継《いきつ》ぎを最小限にして、必死で残り25メートルを泳ぎ、なんとか2着でゴールした。空気を欲《ほっ》して水中から顔を上げると、目の前に水が飛び込んできた。

「わわわ！　なんだよ？」

ゴーグルを外して見ると、すでにプールから上がっていたなずなが、ホースの水をオレの顔に掛《か》けながら笑っていた。屈託《くったく》ない微笑《ほほえ》みを向けられて思わず顔が熱くなるが、誤魔《ごま》化《か》すように睨《にら》みつけた。

「何すんだよ!!」

「島田《しまだ》君、今日の花火大会行くの？」

「え？」

「二人で行こうよ」

「……なんで？」

「なんでって……」

なずなは悪戯《いたずら》っぽく笑うと、さらにオレの顔に水を掛けた。

「うわ、やめろよっ」

「5時に家に迎《むか》えに行くから必ずいてよ」

そう言うと、なずなはホースを置いて行ってしまった。

え？　今、何て言った？

なずなの後ろ姿を呆然《ぼうぜん》と見送っていると、ようやく祐介がゴールした。

「いやー、ターンの途中《とちゅう》でまたウンコしたくなっちゃってさあ。あれ？　なずなは？」

そんな祐介の言葉などまったく頭に入らない。置き去りにされたホースを見つめながら、さっきのなずなの言葉を思い出す。

オレとなずなが二人で花火大会に行く？　なんで……？

考えれば考えるほど思考が停止する。全身から力が抜けて、ブクブクと水中に体を沈《しず》めていくオレに祐介が慌《あわ》てて声をかけたのが聞こえてきたが、何を言っているかわからなかった。

結局掃除《そうじ》をしないまま、オレたちは教室に戻《もど》ることにした。教室に向かう廊下《ろうか》は、下校する生徒たちで騒《さわ》がしかったが、オレの頭の中は、さっきのなずなとのやりとりでいっぱいだった。

夜、二人で花火大会……。

これってデートだよな……島田典道《のりみち》13歳、中1の夏休み、人生初めてのデートである……。

そんなオレを変に思ったのか祐介が肩《かた》パンチをしながら言う。

「なんだよ？　どうかしたのかよ？」

「え……あ、いや何も……」

50メートル競争の前のやりとりを思い出して、慌てて誤魔化す。なずなのことが好きな祐介に、そのなずな本人から花火大会に誘《さそ》われたなんて口が裂《さ》けても言えない。

「あ、なずな」

「へ!?」

心を見透《みす》かされたのかと驚《おどろ》いて祐介のほうを見ると、祐介は違う方向を見ていた。視線の先には職員室の前に立つ、なずなの姿があった。オレたちと違って優等生のなずなは、三浦《みうら》先生に呼び出されることなんてないはずだ。じゃあ、何の用事だ？

祐介も同じ疑問を抱《いだ》いたのか、首をかしげている。

「何してんだ、あいつ」

「さあ……」

オレたちの視線に気づく様子もなく、なずなはまだ湿《しめ》った髪《かみ》のままで、じっと職員室の扉《とびら》を睨みつけている。ちょっと緊張《きんちょう》しているような表情はさっきのプールとは別人のようだった。手には封筒《ふうとう》を握《にぎ》りしめているみたいだから、それを届けにきたのかもしれない。

やがて、なずなは扉をノックして職員室に入っていった。

【職員室】

席にいる三浦。
三浦「(不機嫌《ふきげん》で)ったく……」
対面の席の男性教師・光石《みついし》。
光石「(周りを気にしつつ小声で)どうする? 今日」
三浦「え?」
光石「花火大会。どこで待ち合わせる?」
三浦「(も、周りを気にしつつ)生徒たちに、彼氏と行くんですかーとか言われちゃった」
光石「マジで? (ニヤけて)そっかあ、そろそろ公表する時期かもなあ」
三浦「やめてよっ、大体あの時は二人とも酔《よ》ってて……」
と、なずなが三浦のところに来て、
なずな「先生」

三浦「（動揺《どうよう》で）はいっ⁉　ああ及川《おいかわ》さん、どうしたの？」
なずな、封筒を三浦に差し出す。
三浦「なにこれ？」
なずな「ママ……母が先生に渡《わた》すようにって」
三浦「（受け取りながら）？」
なずな「………」

× × × ×

手紙を読んでいた三浦。
三浦「えー、引っ越《こ》すんだ？」
光石「え？　及川？」
三浦「しかも夏休みの間にだって」
光石「マジで？　随分《ずいぶん》急だねえ」
三浦「（手紙を読みながら）あら、再婚《さいこん》するんだお母さん」
光石「そうなの？……なんだかねえ、こればっかりはリアクションしづらいなあ」

三浦「そうねえ……でも、こんな手紙を子供に持たせるなんて……」

複雑な表情の三浦。

※

なずなが職員室に入っていく姿を見送っていると、祐介がまた肩パンチをしてきた。いつものじゃれ合いだけど、その力はさっきより強く感じた。

「おい」

「え？」

「何かあったのかよ？」

漠然《ばくぜん》とした質問だけど、付き合いが長いからか祐介が何を言いたいのか分かる。こういう時の祐介はやけに勘《かん》が鋭《するど》い。

「え？　何かって？」

オレはできるだけ平静を保ちつつ、気づかないふりをして答えた。けど、オレの誤魔化しなんかには騙《だま》されず祐介は核心《かくしん》をついてくる。

「さっきプールで、なずなと話してたろ？　まさか告ったのかよ？」

「はあ？　なんでだよ⁉　そんなわけねえだろ！　バカじゃねえのお前！　大体なず……及川のことが好きなのはお前だろ？　オレ、あんなやつに全然興味ねえし！」

「え？　何キレてんの？」

祐介が言う通りだ。なんでキレてんだオレは？

「あ、いや……ごめん」

「まあいいや、ところでさ今日花火大会行くだろ？」

「あ、うん多分な」

「じゃあ一緒《いっしょ》に行かねえ？　つーかさ、後でお前んち遊びに行っていい？」

「いいけど」

「最近家にいると親父《おやじ》が勉強しろ勉強しろって、うるせえんだよ。一学期の成績も最悪だったしさ、ウチほら、俺のこと私立中に行かせたがってたじゃん」

「ああ……」

「だからさ、お前んち行って、そのまま花火大会行こうぜ、な」

祐介の勢いに押される形で頷《うなず》いてから、ハッと気づいた。

まずい……さっき、なずなはオレの家に5時に来るって言ってた。それをこいつに見られたら……ってあれ？　オレ、なずなと一緒に花火大会に行く気になってる？　いやいやいや、そんなことはない。さっきだって別に一緒に行くって返事したわけじゃないし……。

自問自答を繰《く》り返しながら教室に戻ると、純一《じゅんいち》と稔《みのる》がクラス一真面目で熱い和弘《かずひろ》を相手に、何やら言い争っていた。

「平べったいんだよ！」

「そうだよ！　平べったいに決まってるだろ！」

「絶対丸だって！　だって考えてみろよ、火薬が爆発《ばくはつ》すんだぞ、丸いに決まってんだろ！」

いつもなら冷やかし半分でそのトークバトルに参加するオレだが、なずなのことで頭がいっぱいだったので、スルーして自分の席で帰り支度《じたく》を始めた。

「なあなあ、花火って横から見ると丸いと思う？　平べったいと思う？」

「なにそれ？　ロケット花火？」

純一に聞かれた祐介が、興味なさげに答えている。

「ちげえよ、デカい打ち上げ花火だよっ」

「んー、平べったいんじゃね？」

「ほらみろ」

祐介のいい加減な返答と、3対1の劣勢《れっせい》になったことによって、和弘がヒートアップする。

「ふざけんなよ！　丸いに決まってんだろ！　典道はどう思うんだよ？」

急に振《ふ》られてもわけがわからないが、話の流れから察するにどうやら、打ち上げ花火が爆発した時に、正面から見ると丸いけど、横から見ると平べったいんじゃないか？……と、いう議論をしているっぽいが……マジどうでもいい!!

とは言え、どうでもいいとは言えないから適当に答える。

「え？　わかんねえ」

「考えろよ！」

「ごめん……」

純一に謝りながらも頭を占《し》めていたのは、なずなのことだった。5時にウチに来る……でも祐介も遊びに来る……どうしたらいいんだ。祐介のほうをチラッと見ると、あっちもオレのことを見ていたようで視線が重なる。探《さぐ》るようなその目が気まずくて、オレはさりげなく帰り支度に集中しているような素ぶりをみせる。

和弘たちは相変わらず花火論を続けているが、正直ノイズにしか聞こえなかった。

「じゃあお前ら平べったい花火見たことあんのかよ？」

「俺あるぜ」

「稔の言うことなんかあてにならねえよっ」

「ほんとだって。去年爺《じい》ちゃんの家で花火大会見た時、庭から見たら平べったかったぜ。

こっからじゃ角度が悪いって爺ちゃんも言ってたもん」

「ほおら！　爺ちゃんが言うなら間違《まちが》いない！」

ますますどうでもいい花火議論を聞き流しながら、なずな対策を考えていると、教室の後ろの扉《とびら》から本人が入ってきた。職員室での用事は終わったらしい。机に向かうなずなの髪《かみ》は、まだ少し湿《しめ》っているようだった。

「!!」

ドクン！

一直線に自分の机にむかっていたなずながオレの方を見た瞬間《しゅんかん》、オレの体全体が心臓になってしまったような感覚になった。一学期の間中、なずなに見つからないようにこっそり見る癖《くせ》がついていたせいか、反射的にサッと校庭に目線を逸《そ》らす。

ふとそれもなんだかわざとらしいような気がして、さりげなく顔を戻《もど》したが、なずなはもう帰り支度を終えて教室を出るところだった。

振り返ることなく教室を出ていく姿を見送りながら、安堵感《あんどかん》と、ほんの少しの罪悪感が入り混じった不思議な気持ちがこみ上げる。

「よし決まり!!　5時に茂下神社に集合な！　典道も来るだろ？」

いつのまにか何かが決まったらしい。純一にテンションの高い声で呼びかけられて、ハッと現実が戻ってくる。

「へ？　何が？」

「聞いてなかったのかよ！　茂下灯台に行くんだよ！　花火が丸いか、平べったいか確かめに！」

「そうなの？」

「そうだよ！　平べったかったら和弘が夏休みの宿題全部やってくれるってよ！」

「イエ～イ!!」

背の低い稔が両手を上げ、純一や祐介とハイタッチをして騒《さわ》ぐ。

和弘が「ほんとに三浦先生のパンチラ写真くれるんだろうなあ」とか言っているが、花火が丸でも平べったくても、そんなのはどっちでもよかった。大体それと三浦先生のパンチラ写真とどう関係があるんだろう？

祐介に聞いてもいいけど話を聞いてなかったことがバレるので、会話に入れない自分を誤魔化《ごまか》すように窓の外に目を向ける。ちょうど、野球部が練習をしているグラウンドの真ん中を歩いて行く、なずなの姿が見えた。

いつも姿勢の良いなずなだが、その背筋がさらに伸《の》びているような気がした……気のせいかな？

樹齢《じゅれい》不明の馬鹿《ばか》でかいブナの木が道を隔《へだ》てるY字路で、オレたちは一旦《いったん》解散した。

「じゃあ5時な！　遅《おく》れんなよ!!　俺と稔は4時くらいから行ってるから！」

「わかったよ！」

純一と稔は左方向に、和弘は右方向に走ってゆく。

「さてじゃあ、お前んちで暇《ひま》つぶすか。コーラくらいあんだろ？」

祐介がマウンテンバイクに跨《また》がる。

「麦茶しかねえかも」

「お前んちの麦茶薄《うす》いんだよなあ」

「うっせえよ」

半笑いで答えながら、右足をペダルに乗せた瞬間、何か不思議な感覚がした。

あれ？　オレ、かかとになんかあったような……。

そっと右足に触《ふ》れるけど、特になんの感覚もない。なんでそんな風に思ったのかもわからず首をひねっていると、町内掲示板《けいじばん》の花火大会のポスターが目に飛び込んできた。なぜか、そのポスターに対しても違和感《いわかん》を覚えた。

そんなにじっくり見たことがあるわけではないが、夜空いっぱいに広がる色とりどりの花火の写真が、やけに平面的に見えるような……。

「どうした？　典道」

急に黙《だま》り込んでポスターを見つめたオレを不審《ふしん》に思ったのか、祐介が顔を覗《のぞ》き込んできた。

「このポスターってさ、こんなだったっけ？……」

「こんなって何が？」

違和感の正体がわからないままだからうまく説明する自信がなくて、オレはなんとなく誤魔化すことにした。

「あ、いや……なんでもない」

「じゃあ着替《きが》えたらすぐお前んち行くわ」

「ああ」

ペダルを踏《ふ》み込んで、オレと祐介はそれぞれの家に向かった。今度は別に右足に違和感はなかったから、やっぱり気のせいだったんだろう。そう結論づけて力強く自転車を漕《こ》ぎ始めた瞬間、なずなとの約束を思い出した。

やべ……なずなのこと、どうしよう。

【なずなの家（市営住宅）】

リビングに、入って来るなずな。
なずな「ただいまー」
ソファに座っていた中年の男が振り返りながら、
男「おかえり」
なずな「！……」
キッチンでお茶を淹《い》れていたなずなの母親が来て、
母親「ちゃんと挨拶《あいさつ》しなさい」
男「あれ、登校日だったの？　暑かったでしょ。ケーキ買ってきたからみんなで食べようよ」
男、母親の再婚《さいこん》相手である。ケーキの入った箱を持ってなずなに近づきながら、
男「どれがいい？　なずなちゃん（と、微笑《びしょう》）」

なずな「………」
なずな、答えずに自分の部屋の方に行ってしまう。
母親「なずな！」
バタン！　とドアの閉まる音。
母親「……ごめんね」
男「いいよいいよ、大丈夫《だいじょうぶ》」

×　　×　　×　　×

カーテンが閉まった薄明かりのなずなの部屋。ベッドに腰掛《こしか》けているなずな。
なずな「………」
リビングから微《かす》かに母親と男の会話が聞こえる。
男の声「学校は？　もう手続きしたの？」
母親の声「うん、今日担任の先生に伝えて」
男の声「でも友だちと離《はな》れるのは淋《さみ》しいだろうね」
母親の声「ううん、あの子友だち少ないから。気にしないで」

男の声「彼氏とかは？」
母親の声「（笑って）いるわけないでしょ」
男の声「わかんないよぉ、最近のコは」
なずな「……（嫌悪《けんお》で）」
なずな、立ち上がってタンスの奥から浴衣《ゆかた》を出す。
着ていた制服を脱《ぬ》いで浴衣に着替えはじめる。

※

家の店先には【臨時休業】の札がぶら下がっていた。ポストから鍵《かぎ》を取り出して玄関《げんかん》を開けると、家の中は夏の留守宅独特の湿気《しっけ》が充満《じゅうまん》していた。

「あっちぃ〜」

汗《あせ》ばんだYシャツを洗濯《せんたく》カゴに投げ入れて冷蔵庫を開けると、昨日飲みかけのまま入れておいたコーラのペットボトルがあった。一瞬《いっしゅん》、手を掛《か》けたが祐介にとっておいてやろうと思い直し、今度は冷凍庫《れいとうこ》を開けると、父さんお気に入りのスイカバーが一本だけ残っていた。

誰《だれ》だか知らないが、スイカバーを食べやすい三角形にしたのと、チョコチップをまぶすことを考えたヤツは天才だと……ってあれ？

袋《ふくろ》から取り出したスイカバーは見慣れた三角形ではなく、円筒形だった。冷凍庫が壊《こわ》れて溶《と》けちゃったのが、また固まったのか？

それにしては元々この形で売っていたとしか思えないほどの見事な円筒形だ。コアラのマーチの眉毛《まゆげ》コアラとか、ハッピーターンの幸運の包み紙みたいに、スイカバーにも何万本かに一本、こういう激レアな形があるのだろうか？

　上半身裸《はだか》のままで、激レアスイカバーを囓《かじ》りながら階段を上がっていく。一階以上の熱気がこもったオレの部屋のサッシ窓を開けるが、生温《なまぬる》い風が通り抜《ぬ》けるだけで涼《すず》しくはならない。

　スイカバーを咥《くわ》えたまま、本棚《ほんだな》から小学校の卒業アルバムを手に取る。カバーからアルバムを出してパラパラとめくると、何度も見たそのページが勝手に開いた。

　修学旅行で行った日光《にっこう》の写真が目に飛び込んでくる。オレとなずなは同じ班だった。東《とう》照宮《しょうぐう》をバックに撮《と》った写真で、偶然《ぐうぜん》……いや、偶然を装ってわざと隣《となり》に立ったんだけど……無表情のなずなの横でオレは大きな口を開けてピースをしている。

　なずなと初めて会ったのは二年前、小学5年の夏休みだった。

　元々、茂下町で生まれ育った、なずなの父親は東京の会社を辞めて、茂下海岸でサーフショップを開いた。今はショボくれた釣《つ》り具《ぐ》屋のオッさんだけど、オレの父さんも高校時代はサーファーで、なずなの父親とサーフィン仲間だったらしい。

　引《ひ》っ越《こ》してきてすぐに、家族揃《そろ》ってウチの店に挨拶に来た時に、両親の後ろに隠《かく》れるように立っていたのが、なずなだった。

　そうだ、あの時もオレはスイカバーを咥えながら、なずなのことを見ていたんだ。

母親に「娘《むすめ》のなずなです。ご挨拶して」と促《うなが》されて礼儀《れいぎ》正《ただ》しく自己紹介《しょうかい》をしているなずなに対して、オレは居間からこっそりと顔を出すだけだった。親同士が仲良いからって、別に仲良くなれるわけでもないし、同じように挨拶をしろって言われたらなんて言ったらいいかわからない。

白いワンピースに麦わら帽子《ぼうし》、透《す》き通るような肌《はだ》と艶《つや》やかな髪《かみ》……ベタだけどドラマやCMに出てくるような〝美少女〟を実際に見たのはそれが初めてだった。

今までに見たことがない美少女を前にして居間からアホ面《づら》を下げているだけだったオレに、父さんが余計な声をかける。

「おい典道！　なずなちゃんな、お前と同じ5年生だってよ。こんな可愛《かわい》い子と同級生なんてよかったじゃないか」

その声で初めてオレの存在に気づいたのか、居間を向いたなずなと目が合った。

オレはなんだか急に恥《は》ずかしくなって、「知らねえよ！」と奥に逃《に》げた。

そうか、なずなと初めて目が合ったのも、あの時だったんだ……。

指先で、写真のなずなを触《さわ》ろうとした時、バタバタと階段を駆《か》け上がる音が聞こえてきた。

「典道ぃ！」

慌《あわ》てて卒アルを閉じて、その辺に放り投げると同時に祐介が部屋に入ってきた。

「よ！」

「よ！　じゃねえよ！　なんだよお前！」

「不用心だよなーお前んち、裏開いてたぜ」

「だからって勝手に入るんじゃねえよ！」

「何してたんだよ？　裸で突《つ》っ立って」

「……別に」

「お、スイカバーじゃん。くれよ」

手元からスイカバーを奪《うば》った祐介が、座りながらWiiの電源を入れる。

オレは祐介に気づかれないように、足で卒アルをベッドの下に押しやり、祐介の横に座った。祐介に奪われたスイカバーを見ながら、さっきの疑問をぶつけた。

「その形、珍《めずら》しくね？」

「何が？」

「スイカバー、たぶん何万本かに一本のレアもんだぜ」

「だから何が？」

「丸いじゃん、三角じゃないじゃん」

「は？　スイカバーは丸いじゃん」

こいつ、マジか？

確かに一学期の成績は最悪だったが、どこか別のところも悪くなっているんじゃないかと心配になる。だけど、祐介は祐介で同じように「こいつ、マジか？」という顔をしながら、さっきオレが捨てたスイカバーの袋をゴミ箱から取り出した。

「何言ってんだよ？　三角だろ、スイカバーは。見ろよ」

……あれ？　小さい頃《ころ》から見慣れているはずの、パッケージ袋に描《か》かれているスイカをかたどった三角形のイラストが……円筒形になっている。

「俺らがガキの頃からずっと丸いじゃん。大丈夫か？　お前」

「…………」

キツネにつままれたような気持ちっていうのは、こういうことを言うのだろうか？

「5時に茂下神社だったよな？　10分前くらいに出ればいっか」

「あ、うん」

そうだった。スイカバーの形なんかどうでもいい。問題はここに、なずなが来てしまうことだ……えっと今何時だ？

机の上にある目覚まし時計は、４時10分を回ったところだった。

【茂下神社】

茂下電鉄の踏切《ふみきり》の向こうにある小さな神社。
一輌《いちりょう》編成の古い電車がガタゴト音を鳴らしながら、ゆっくりと通り過ぎる。
テキ屋たちが縁日《えんにち》の屋台の準備をしている。
その中で一軒《いっけん》だけ既《すで》に店を開いているおでんの屋台。
柄《がら》は悪いが人なつこそうなおっさんが焼酎《しょうちゅう》を飲みながら純一と稔に話している。
純一「マジすか⁉」
おっさん「おお、平べったいぞー」
稔「やっぱりなー」
と、和弘がやってくる。
和弘「おまたせー！」
純一「おー……え？　お前どうしたの？」

稔「なんだその格好？」
和弘「え？」
和弘、ちょっとどうかと思うくらいデカいサイズの登山リュックを背負い、頭にはヘルメット、手にはピッケルと大型の懐中電灯《かいちゅう》を持っている。
和弘「え、冒険《ぼうけん》的なあれじゃねえの？」
ゲラゲラ笑う純一と稔。
和弘「なんだよ！　笑うなよ!!」
純一「おーそうだ和弘、花火はやっぱり平べったいってよ」
和弘「は？」
稔「こちらにいらっしゃるお方、なにを隠そう現役の花火職人なのです！」
焼酎を飲むおっさん、花火会社の屋号が入った半纏《はんてん》を着ている。
純一「花火職人が言うんだから間違《まち》いねえだろ」
おっさん「（しゃっくりで）ヒック……」

※

あれから40分、マリオカートは全《すべ》て祐介のクッパが勝ち続けた。普段《ふだん》はこんなことはなくって、マリオカートに限らずオレと祐介のゲームの戦績は引き分けくらいだ。だけど、今日のオレはゲームどころではなかった。もうすぐなずなが来てしまう……どうしよう？

「あれ？　もうすぐ5時じゃん」

祐介も結構時間が経《た》ったことに気づいたのか、ペットボトルのコーラを飲みながら時計を見た。外はまだ明るいけど、蟬《せみ》の声はミーンミンミンから、カナカナカナに変わっている。

「あ、そうだな」

軽く答えたが、解決策が浮《う》かばないまま時間が過ぎてしまったことに、心がザワついていた。

どうやって祐介を誤魔化《ごまか》せばいいんだ？　ん？　ていうかオレ、結局なずなと花火大会にいくのか？　すると、

「なあ、神社行くのやめねえ？」

腕《うで》に止まった蚊《か》を叩《たた》きながら祐介が言った。

「え？」と、反応したものの、その時の気分で言動がコロコロ変わるのが〝祐介あるある〟ということを思い出した。

さらに無責任な口調で祐介が言う。

「花火なんかさあ、丸くても平べったくてもどっちでもいいじゃん、浜辺《はまべ》で普通《ふつう》に見ようぜ」

「あー、うん……」

「つーかさ、平べったいに決まってんじゃんなあ？」

当たり前のことのように言う祐介の声に、思わず反応する。

「え？　そうなの？」

「そーだよ！　なにお前マジで言ってんの？」

「いや、わかんねえけど……」

祐介がベッドの上にあった団扇《うちわ》に手を伸《の》ばす。団扇にはまん丸い花火の写真が印刷されている。

「だってお前こうやって丸く爆発《ばくはつ》すんだぜ。こうやって横から見れば平べったいじゃねえかよ！」

団扇に写った花火を見せてから祐介はそれを90度回した。当たり前だが平べったい。

「な！」

「ああ、そうか……」

祐介の妙《みょう》に自信たっぷりの「な！」に、思わず納得《なっとく》してしまったが、そうか？

和弘が言ってたように火薬が爆発するんだから、なんて言うんだっけ……放射状？　違うか……とにかく四方八方に向かって、丸く広がってゆくんじゃないのか？

「だからわざわざ灯台まで行く必要ねえんだよ。やめようぜ行くの。っていうか、窓閉めろよ。すげえ蚊が入って来てんじゃん」

「あ、うん」

立ち上がりながら考える。

待てよ……神社に行かなくていいってことは、ここで祐介と一緒《いっしょ》にいる必要もない。今すぐに祐介に家から出ていってもらえば、もうすぐやって来る、なずなのことも気づかれずに済む……なずなのことは、まあいいや。来てから考えよう！

「じゃあ、そうすっか。いや実はオレも野暮用《やぼよう》ができちゃ……」

窓に手をかけた瞬間《しゅんかん》、通りの向こうに、キャリーバッグを転がしながら歩いて来る浴衣《ゆかた》姿の……って、なずなじゃん！　うわ、もう来ちゃったの？

窓を閉めながら考える……どうすればいいんだ？　あの距離《きょり》だったら、あと1分、いや45秒で家の前に着いちゃうぞ……考えろ！　考えろオレ！

「なんだよ？　野暮用って？」

祐介がペットボトルのコーラを飲み干す。

「あ……そうだ！　じゃあさ、飲みもん買ってきてやるよ！　もうちょっとやるだろ？　マリオ」

「いいよ別に。もう喉渇《のどかわ》いてねえし」

「いやいやいやいや、それほら、炭酸抜《ぬ》けてたじゃん。悪ぃなあって思ってたんだよ。新しいやつ買ってくるからさ、ちょっと待ってて」

「そうか？　悪《わり》ぃな」

「気にすんなって」

自分でも意味のわからない理屈《りくつ》を並べていたと思うけど、祐介が納得してくれた今のうちに行くしかない。引き出しから小銭《こぜに》を集めて、短パンのポケットに突《つ》っ込みながら部屋を出ようとすると、

「おい！　お前その格好で行くのかよ？」

「へ？」

指摘《してき》されて自分の格好を見る。そうだ、オレは帰ってきたままの上半身裸《はだか》だった。

「あ……」

「大丈夫《だいじょうぶ》かよお前？」

「アハハハ……」

我ながら薄気味悪《うすきみわる》い笑《え》みを浮かべて、ベッドの上にあった寝間着《ねまき》代わりのユニクロTシャツを手にして、階段をドタドタと駆《か》け下りる。

なずなはたぶん、まず店の前に行くはずだ。それで臨時休業の札を見て、裏口に回る……だから今、ちょうどドアの前くらいにいるはずだ！

間に合ってくれと祈《いの》るように勢いよくドアを開けると、まさにチャイムを鳴らそうとしていた右手が目に入る。オレは思わずその手首を摑《つか》んでしまった。

「!!」

驚《おどろ》いたなずなの目がまん丸に見開いた。オレの顔と自分の摑まれた手首を見比べて、口を開こうとしたが、

「しぃぃ……」

なずなの手首を摑んだまま、掠《かす》れた小さな声を出す。

ますます意味がわからないという様子で首をかしげるなずなの、三つ編みが揺《ゆ》れる。

浴衣姿を見るのも初めてだったし、初めて触《さわ》ったなずなの手首の細さにも驚いたが、とりあえず今は、祐介に気づかれないようにしなければならない。

「祐介が来てんだよ」

「え？」

「とりあえず外に出よう」

指をほどきながらドアを閉めて、家の前の道に出る。なずなも何も言わずについてきてくれた。蟬の鳴き声は完全にヒグラシだけになっている。

「いや、なんかあいつが急に遊びに来てさ……」

「……じゃあ、どうするの？　行かないの？」

言い訳じみたオレの言葉に、少しだけ苛立《いらだ》ったような声だ。なずなの強い視線から逃《に》げるように、オレは一歩前に出る。

「ちょ、ちょっと待って。今、考えるから……」

と、言うものの、どうすればいいのかわからない。このまま、なずなと出ていったらどうなる？　オレが帰ってこなかったら？

その時、頭の上からガラガラと窓が開く音がした。

「おい、典道ぃ」

「!!」

見上げると、祐介が窓から顔を出していた。なずながいることは、屋根の死角になって見えていないようだ。

「やっぱ行こうぜ神社」

「へ？」

「みんなに悪ぃじゃん」

「……そんな……」

「今降りっから一緒に行こうぜ」

言いながら祐介は窓を閉める。え？　なんでアイツ急に……。

呆然《ぼうぜん》と祐介が閉めた窓を見つめていたが、ふとTシャツの裾《すそ》をひかれた。祐介との会話中、隠《かく》れるように壁《かべ》を背にして立っていたなずながオレの顔を覗《のぞ》き込んでくる。

「……どうするの？」

その目は怒《いか》りというよりは、どこか哀《かな》しさがただよっているように見えた。

どうするの？　って……なんでオレが決めなきゃいけないんだよ。なんなんだ、この状況《じょうきょう》は？　なずなと花火大会に行くことだって、祐介たちと茂下灯台に行くことだって、オレが決めたことじゃない。勝手に決められたことだ。そもそもなんで、なずなと花火大会に……プールの競争でオレが2着だったからか……あれ？　じゃあ、もし……もしもオレじゃなくて、祐介が2着だったら、誘《さそ》われていたのは……。

ドアがガチャリと開いてスニーカーを引っ掛《か》けた祐介の姿が見えてきた。

誘われていたのは、コイツだったのか？

そう思った瞬間、頭の中が真っ白になり、衝動《しょうどう》的になずなの手を掴んで走り出した。

「こっち！」

「え？」

引っ張られた手と、キャリーバッグの重さでバランスを崩《くず》したなずなを強引《ごういん》に引っ張って、店の前に来た。入り口に立てかけていた自転車を急いで起こす。

「乗って！」

「え？」

「いいから早く！」

「だって……」

なずなが躊躇《ちゅうちょ》している間に、店の裏から祐介の声が聞こえてきた。

「あれ？……おい！　典道ぃ」

オレはなずなの手からキャリーバッグを奪《うば》い取ってカゴに載《の》せる。

そして、もう一度、今度はなずなの目を見て言った。

「乗れよ！」

目が合った瞬間、なずなの迷いが消えたのがわかる。さっきの哀しそうな目はどこにもなくて、何かが吹《ふ》っ切れたような笑顔で頷《うなず》いた。

「うん」

なずながオレの腰《こし》に手を回しながら、後ろの座席に腰を下ろす。ペダルを踏《ふ》み込むが、滅多《めった》にやらない二人乗りの荷重でハンドルがふらついた。

だが、坂道の傾斜《けいしゃ》で車輪が回り出すと、安定したスピードが出てきた。

裏口から店の前に来た祐介の足音が、背後から聞こえてくる。

「おい！……え？……なずな？……典道！　お前何やってん……」

祐介の声が、風を切る音でフェイドアウトしてゆく。

坂道の傾斜と共にスピードが上がる。オレの腰を摑むなずなの手に少し力が入り、背中に少し身体《からだ》をくっつけたことがわかった。女の子を後ろに乗せて走るなんて初めての出来事で、しかもそれがなずなであることを改めて意識してしまう。背中からお腹《なか》にかけてなずなの体温が伝わる。背中を意識した瞬間、ハンドルがふらついてなずなが小さく声をあげた。オレは慌《あわ》てて運転に集中する。

坂道を下るにつれて海が近づき、潮風の匂《にお》いと、背中に揺れるなずなの髪《かみ》の匂いがミックスされて、鼻をついた。真後ろから大きな声が飛ぶ。

「ねえ！」

「え？」

「どこ行くの!?」

目的地なんて決めていなかったことに聞かれてから初めて気がついた。ただ、あの時、衝動的になずなの腕《うで》を掴んでしまっただけなのだ。

「……わかんねえ」

「なにそれ？」

「わかんねえよ！」

背中から、なずなの小さな笑い声が聞こえてきて、つられるように、オレもなぜだか笑ってしまった。

潮風に混じって、ドーン……パッ……ドーン……パッ……という音が聞こえてくる。

花火の試《ため》し打ちだろうか？

山の斜面に反射した残響音《ざんきょう》を、風力発電のプロペラがゆっくりとかき回す。ふと、一昨年《おととし》から始まって見慣れてきたはずのプロペラに違和感《いわかん》を覚えた。

「なあ」

「なに？」

「あの風車、いつもあの方向で回ってたっけ？」

「え、わかんない」

「時計回りじゃなかったっけ？」

「だからわかんないって」

「そっか……」

オレもなずなも「わかんない」ことだらけだ。

自分の行動の理由もわからないし、どうすればいいかもわからない。だけど、今はそんな細かいことはどうだっていいんじゃないかと思えた。

確かなのは、今オレとなずなは二人で自転車に乗って海岸沿いの道を走っているということだ。この時間が永遠に続けばいい……なんて安っぽいＪ-ＰＯＰの歌詞みたいなフレーズが頭に浮《う》かんだが、背中から聞こえてきたなずなの声にかき消された。

「ねえ……駅に向かってよ！」

【神社】

電車が通り過ぎる。
踏切《ふみきり》が上がり、祐介が階段でたむろしていた純一たちのところに来る。
純一「おっせえよ！」
祐介「うるせえ!!」
純一「は？　なにキレてんの？」
祐介「キレてねえよ!!!!」
稔「あれ？　典道は？」
祐介「……知らねえよ!!」
純一「え？　だからなんでキレてんだよ？」

※

茂下駅は、街の中心部から海沿いを走る茂下電鉄の終着駅だ。

昔は海水浴客や茂下灯台への観光客をたくさん運んできていたが、今はほとんど地元住民しか利用しないので、すっかり寂《さび》れてしまった。あと何年かしたら廃線《はいせん》になるという噂《うわさ》もあるが、一昨年だったか無人駅になったことでその噂の信ぴょう性が増した。

券売機と、ジュースの自動販売機《じどうはんばいき》しかない、古い木造待合室のベンチで、何をするでもなく、オレとなずなはさっきから座っている。気まずさを誤魔化《ごまか》すために待合室をキョロキョロしていると、壁に貼《は》られた花火大会のポスターが気になった。

そうだ……花火大会！　純一たちはもう灯台に向かっただろうか？

時計の針は5時を少し回ったところだった。時計から視線を外し、人ひとり分くらい空けて並んで座るなずなを盗《ぬす》み見る。

駅に連れていってと言ったのはなずなだったのに、切符《きっぷ》を買うわけでもなく、何がしたいのかがわからない。そもそも、オレたちは花火大会に行くはずじゃなかったっけ？

「……っていうかさ」

「え?」

「行かないのかよ?　花火大会」

「……行きたいの?」

「え?　だってお前が行こうって言ったんじゃん」

「そうだっけ?」

とぼけているのか、本当に忘れているのか、小さく笑うなずなの浴衣《ゆかた》が、少し乱れていた。走ったり、自転車に飛び乗ったりしたせいだろうか。大人っぽい浴衣がなずなにとても似合っている。だけど、それを本人に伝える勇気なんかもちろんなく、なずなを直視することすらできずにオレは足元ばかり見ていた。

と、なずなの草履《ぞうり》の向こうに置かれたチェック柄《がら》のキャリーバッグに気づく。よく考えると、浴衣にキャリーバッグの組み合わせはおかしい。

「それ……」

「え?」

「バッグ、何それ?」

「ああ、これ?」

なずながバッグを引き寄せて、金属製のロックを指で外すと、詰《つ》まっていた中身が勢いよく飛び出して床《ゆか》に散らばった。

「うわ！」

驚《おどろ》きながら見ると、それはTシャツ、ワンピース、靴下《くつした》、肌着《はだぎ》、セーター……ぬいぐるみや、よく分からない小さな袋《ふくろ》とか化粧《けしょう》ポーチ？　っていうんだっけ？

とにかく花火大会に行くために用意されたとは思えないモノばかりだった。

え？　こいつ一体どこに行くつもりだったの？

「あーあ、開いちゃった」

なずなが床にしゃがんで散らばったものを拾い集める。ぬいぐるみを手に取ったところで、オレに向かっていたずらっぽく笑った。

「手伝ってよ」

「あ……ああ」

言われるまま、オレもしゃがんで洋服やら靴下やらを手にする。

母親以外の、女モノの洋服を触《さわ》るのは初めてだった。洗剤《せんざい》とは違《ちが》う、仄《ほの》かな甘い香《かお》りが鼻腔《びこう》をつく。さっき自転車に乗っている時にも感じた、なずなの香りだ。

「ねえ、どこに行こうか？」

バッグを元どおりにしたなずなが立ち上がって、時刻表を見ながら言う。

そっと零《こぼ》された言葉はオレに向けたもののようで、そうではないようにも感じられた。

でも、ここにはオレとなずなの二人っきりだ。だから、きっとオレへの問いかけなんだろう。

「え？　どこって、電車に乗るの？」

「駅に来て、電車に乗らない人っている？」

「だって、花火大会……」

行こうって誘《さそ》ってきたじゃん、というオレの言葉を遮《さえぎ》って、なずなは楽しそうに言葉を重ねていく。

「東京？　大阪？」

「へ？」

「どこでもいいよ。でも、できるだけ遠い場所がいいな」

トーキョー？　オオサカ？

全く予想外だった言葉を、オレはすぐに変換《へんかん》することができなかった。小パニックに陥《おちい》っているオレとは対照的に、なずなは相変わらず楽しそうに笑っている。けど、その笑顔《えがお》はどこか虚《うつ》ろだ。こんなに近くにいるのに、本音がつかめない。

もどかしさをこらえて、オレは必死に考える。

こいつ、初めから花火大会になんか行くつもりがなかったのか？　っていうか、東京？大阪？　何それ？……え、それって、まさか……

「家出？」

さっき散らばったバッグの中身と、ようやく漢字変換できたなずなの言葉が繋《つな》がった。

「そうだろ？　お前家出してきたんだろ？」

確信を持ってオレはなずなに聞いたけど、瞬時《しゅんじ》に打ち消された。

「家出じゃないわよっ」

「じゃあなんだよ？」

ムキになるなずなに、オレも思わず声を荒《あら》らげて聞き返す。街に向かう電車の駅、バッグの中にあったたくさんの衣服、東京か大阪……これが家出じゃなかったら、なんだって言うんだ。少しの沈黙《ちんもく》のあとになずながポツリと呟《つぶや》いた。

「……かけおち」

カケオチ……予想外の言葉にまたもやオレの脳内は小パニックを起こし、辞書変換機能がバグった。

「……かけおちって……二人で死ぬの？」

「それは心中でしょ！」

【田舎道《いなか》】

暮れかけた山の稜線《りようせん》に風力発電のプロペラが10基くらい並んで回っている。
祐介たちがダラダラと歩いている。
思ったより灯台までの距離《きより》が遠く、みんな不機嫌《ふきげん》である。
祐介、その辺で拾った木の枝を振《ふ》り回している。
和弘「(リュックが) 重て……なあ、ちょっと休もうぜー」
純一「ざけんなよ！　お前が行こうって言ったんだろ？」
和弘「(リュックを下ろして) もう限界……」
稔「つーかお前そん中、なに入ってんだよ？」
稔、近寄ってリュックを開ける。
中にぎっしりと詰まったバナナ、リンゴ、お菓子《かし》、ペットボトルなどなど。
純一「(覗《のぞ》き込んで) なんだこれ？」

稔「お前、行商にでも行く気かよ？」
遠くから花火の空打ちの音が聞こえる。
祐介「おら！　早く行かねえと間に合わねえぞ‼」
純一ら、そのキレっぷりにやや引いて、
純一「アイツ、何かあったのか？」

※

駅のホームにある木造トイレの壁《かべ》の向こうから、なずなが話しかけてくる。

「女のコはどこに行ったって働けると思うの」

オレは見張り番のように、壁に背を向けて立っているが、全神経が壁の向こうにいるなずなに向いていた。周りに誰《だれ》もいないせいで、なずなの声と息遣《いきづか》いと着替《きが》える音だけが響《ひび》く。シュルシュルと音がして、壁の上に帯がハラリと掛《か》けられた。

「歳《とし》をごまかして、18歳とか言って」

「見えねえよ」

「そうかな？」

言いながら、今度は帯の上に浴衣がパサリと載《の》った。

ってことは……今、なずなは下着姿？

一瞬、その姿を妄想《もうそう》しそうになるが、黙《だま》っているとそれを見透《みす》かされそうで、なんとか言葉を探す。

「つーか……どこで働くんだよ？」

「夜の商売とか？……キャバクラ？　ガールズバー？」

「無理だろ……」

ドキドキを抑《おさ》えられず、チラリと下を見ると、壁の向こうで、なずなの素足が草履から赤い革靴《かわぐつ》……パンプスとか言うんだっけ？　それに履《は》き替えているところだった。その足のぎこちない動きすらなんかエロくて、会話にまったく集中できない。

壁を挟《はさ》んでいるとはいえ、推定50センチの距離でなずなが浴衣を脱《ぬ》いでいることに耐《た》えきれなくなったオレは、線路に近づいた。

遠くからガタゴトと電車が近づく音が聞こえてくる。壁の向こうにいるなずなに聞こえるように、オレは声を張り上げた。

「おい、電車来るぞ」

「うん、着替えたよ……」

振り返ると、壁の向こうからなずながゆっくりと姿を現した。

少しだけ胸元《むなもと》が開いた黒いワンピースに、さっきチラリと見えた赤いパンプス。三つ編みをほどいた髪《かみ》は、緩《ゆる》やかにウェーブがかかり、風に揺《ゆ》れている。

着替えだけではなく、化粧もしたのか、口元が赤い。

さっきまでのなずなとはまるで別人のようだ。

その自覚は、なずなにもあるようで、恥《は》ずかしそうな表情を浮《う》かべている。

なずなはオレの目を見ずに呟いた。

「どう？　18歳に見える？」

その姿が18歳に見えるかどうかは、オレにはわからない。ただ、夕闇《ゆうやみ》に包まれた駅のホームで微風《びふう》に揺れるなずなは……美しかった。

美しいという言葉の意味が、オレはこの時初めてわかったような気がした。

「見えるよね？　18歳に」

「あ……いや……うん……」

いくら頭の中を探しても、具体的な言葉は出てこない。そもそも喋《しゃべ》り出したら余計なことを言いそうで、オレはただ、なずなの姿を目に焼き付けていた。

すると、なずなが目を逸《そ》らしたまま、ポケットから何かを取り出した。

「これ見て」

「え？」

なずなの手には、例の不思議な玉があった。昼間に見たときとは、なんだか雰囲気《ふんいき》が違うように見えるけど、空の暗さのせいかもしれない。

「……それって、プールで見せてくれた……」

「今朝ね、海で拾ったの」

オレの脳裏《のうり》に、朝自転車に乗りながら見かけた、波打ち際《ぎわ》のなずなの姿が浮かぶ。

「なんかね……これを見つけた時に思ったの。出て行こうって」

「…………」

「違《ちが》うな……その時思ったんじゃないな……そう、島田君がクロールに勝ったから、決めたの。出て行こうって」

「え？」

今日いちにちで色んなことがありすぎて、たった数時間の出来事がずっと以前のように思える。朝、なずなを見かけて、教室の馬鹿騒《ばかさわ》ぎの中でなずなと目が合った。プールサイドでこの玉を見せてもらって、クロールで足をぶつけて祐介に負けて……。

いや違う、勝ったのはオレだ。

でも……なんだ？　この感覚は？　さっきも同じようなことを思った気がする。

そうだ、祐介たちとの別れ際、なぜか怪我《けが》なんてしてないはずなのに、右足のかかとに痛みを感じた瞬間と同じだ。いやでも、オレは確かに祐介に勝ったんだ。それで、なずなに花火大会に行こうって誘われて……そのあとどうしたんだっけ？……教室に戻《もど》ったら純一と和弘と稔が〝打ち上げ花火が丸いか？　平べったいか？〟みたいな話をしていて……

家に帰ったら部屋に祐介がいて……病院に行ってケガを……違う。なんでケガもしていないのに病院に行くんだよ？……なずなが家に来たんだ……それで、Y字路でなずなの母親がなずなを連れ戻して……。

あれ？　じゃあなんで今オレは、なずなとここにいるんだ？

フワン！

一輛《いちりよう》しかない茂下電鉄の車輌が警笛を鳴らしながら近づいてくる。

「一緒《いつしよ》に来てくれる？」

なずなが真っ直《す》ぐオレの目を見る。

祈《いの》るような、なずなのこの目を、オレは知っている。

「…………」

なのに、返事ができなかったのは、まだ頭の中がこんがらがっていたからだ。

まるで、全く違う一日を、Y字路の右と左に分かれて、別々に過ごしてきたかのように二つの記憶《きおく》が混ぜこぜになっている。

どこだ？　どこで右と左に分かれた？

ガタゴト音にブレーキ音が加わり、電車がゆっくりとホームに滑《すべ》り込む。

もうすぐ電車は完全に停《と》まり、ドアが開く。

そうしたらオレはどうするんだ？

なずなと一緒に乗るのか？

乗って、どこに行くんだ？

なかなか言葉を返さないオレを、なずなはじっと見つめてる。その瞳《ひとみ》は、少し潤《うる》んでいるような気がした。オレは頭の中をごちゃごちゃにかき混ぜられたような気持ちになりながら、答えを出そうと口を開こうとした。

その時、改札口の方から金切り声が響き、オレとなずなの間を裂《さ》いた。

「なずな!!」

この声……聞き覚えがある……。

振り向くと、そこにはなずなの母親と、その後ろに見たことのない中年の男がいた。

無人の改札からこちらに向かって走ってくる母親の表情は、明らかに怒《いか》りに満ちていた。

その姿も、身体《からだ》が固まるこの感覚も……オレには覚えがあった。

ドン！

謎《なぞ》のキシカンに囚《とら》われてボーッとしていたオレの身体に、鈍《にぶ》い衝撃《しょうげき》が走る。なずながバッグを持ったままオレにぶつかり、ホームの端《はし》っこにある柵《さく》に向かって走り出した。

「なずな！　待ちなさい!!」

怒鳴《どな》りながらオレの前を通り過ぎてゆく母親と男……って、誰だよ？　このおっさん……

重いバッグと慣れない靴《くつ》でスピードが出せないのか、柵にたどり着く前に、なずなはあっさりと母親とおっさんに捕《つか》まってしまった。

オレは身動きが取れないまま、その様子を見ていることしかできなかった。

「なずな！　アンタなに考えてんの!!」

なずなは母親を振《ふ》り払《はら》おうと、必死で抵抗《ていこう》する。

「やめて！　離《はな》して!!　やめてよ!!」

「いい加減にしなさいよ！　いっつもいっつもアンタは!!」

「うるさい！　離して！　離せ!!」

やがて力を失ったのか、観念したのかわからないが、両方の二の腕《うで》を母親とおっさんに掴《つか》まれたなずなが引きずられながら、オレの方に向かってきた。

「典道君！　助けて!!」

「!!」

急に下の名前を呼ばれたことと、なずなの声に反応した母親がオレをキッと睨《にら》みつけたことに動揺《どうよう》して、完全に硬直《こうちょく》してしまった。

そのままの体勢で改札口の方に連れて行かれるなずなが、さらに叫《さけ》ぶ。

「やだ！　行かない！　行きたくない!!」

この光景、この声、確かに聞いたことがある。違っているのは、場所と……さっきはおっさんはいなくて、なずなと母親だけだったこと……って、さっきっていつだよ？

頭の中がさらにゴチャゴチャになっていく。だけど、これだけはわかる。オレは絶対にこの光景をどこかで見たことがあるんだ。

「触《さわ》らないで！　ねえ、離してよ!!」

そう叫んだなずなが、おっさんに掴まれた右腕を振り払おうとした瞬間、手に持っていた例の玉がフワリと離れた。

「典道君！　助けて!!　ねえ、典道君!!」

なずながオレを見て泣き叫ぶ顔と、地面に落ちてゆく玉がスローモーションになる。

砂利《じゃり》の地面に玉が着地した瞬間、オレは走り出した。

行かせちゃダメだ!!

さっきの……って、いつだかわからないけど、さっきのオレは連れて行かれるなずなを、ただ見続けることしかできなかった。

けど、今は……行かせちゃダメなんだ！　なずなを取り戻さなきゃダメなんだ!!

改札の手前でなずなたちに追いついたオレは、衝動的におっさんの手を掴んだ。

「なんだ？　君は⁉」

「離せ！」

思いっきり力を入れるが、硬《かた》い筋肉に包まれた腕はビクともしない。

瞬間、オレを振り払おうとしたおっさんの肘《ひじ》が、思いっきり頬《ほお》に当たった。

「痛っ！」

その衝撃でオレはあっさりと摑んだ腕を離してしまい、そのまま地面に倒《たお》れた。

「なんなんだよ？」

オレを見下ろすおっさんの口元が、微《かす》かだが緩んだように見えた。

「典道君！　典道君‼」

なずなの姿と声が、改札の向こうに消えてゆく。結局、オレはまたなずなを助けることができずに……また？

……そうだ、まただ。確かに、オレはさっきもこんな風に地面に倒れて……違う、倒れていたのは祐介だ……そして、殴《なぐ》られたのはオレではなく……オレが祐介を殴ったんだ。でも、いつ？　祐介を殴ったはずの右手を見ようとすると、その先に例の玉が転がっていることに気づいた。

拾い上げると、ただの石の塊《かたまり》のように冷たかった。だけど、オレの頭の中でこんがらがっていた二重の記憶の糸が、少しだけほぐれていく。

50メートル競争ではオレが負けて、その時に足を怪我して、病院でなずなと会って、Y字路でなずなを連れ去られて……。

この玉……そうだ、オレはこの玉を投げたんだ。

もし……もしも……あの時オレが……なんだっけ？　何を思いながらオレは玉を投げたんだ？　でも、この玉を投げて……そこからこの不思議な出来事……一日を別々に過ごしているようなことが始まったんじゃ……。

プシュウ！

停まっていた電車のドアが閉じる音で、現実に戻された。

ガタゴトと音を立てながら一輌編成のオンボロ電鉄が走り出す。

ゆっくりと遠ざかる電車を見送りながら、オレはなずなの言葉を思い出していた。

『東京？　大阪？　どこでもいいよ。でも、できるだけ遠い場所がいいな』

もし、もしも……なずなの母親たちがもう少し駅に来るのが遅《おそ》かったら……オレとなずなはこの電車に乗っていたのだろうか？

茂下駅のホームに一人残されたオレを憐《あわ》れむかのように、上空でカラスが鳴いた。

おっさんに肘打ちされた頰に鈍痛《どんつう》が走り始めた。

駅にいる理由がなくなったオレは、自転車を押しながら舗装《ほそう》がされていない田舎道《いなか》を歩いていた。辺りは陽《ひ》が暮れかけていて、山々の稜線《りょうせん》沿いの空が濃《こ》いオレンジ色に染まっている。

捨てるわけにもいかず、なんとなく持ってきてしまった例の玉は、ポケットに入っていた。

十字路に差し掛《か》かると、農道の方から、聞き覚えがあり過ぎる声が聞こえてきた。

「もうすぐ始まんぞー、花火大会」

「全然着かねえじゃねーかよー」

「うるせえな！　さっさと歩けよ！」

大きなリュックを背負った和弘が、後ろに続く純一と稔にキレている。

そうか、茂下神社から灯台に向かうにはこの農道がいちばん近いのか……。

と、オレに気づいた純一が小走りで近寄ってきた。

「あれ？　典道じゃねえかよ！」

「お、おう……」

「おー！　典道！　何やってたんだよお前！」

和弘と稔もこっちにやって来たが、その向こうにいる祐介は、立ち止まったままオレを乾《かわ》いた目で見ていた。

「お前、なんで来なかったんだよ？　神社に」

純一が自転車を軽く蹴《け》りながら言う。

「あ、うん……ちょっと用事ができちゃってさ……」

チラリと視線を送ると、祐介はまだオレを見ていた。そうか、祐介はオレとなずなのことをみんなには言わなかったのか……。

「で、それが終わって追いかけてきたんだ？」

「え？　あ、うん、そうそう……」

こいつらに会ったのはまったくの偶然《ぐうぜん》だったが、反射的に話を合わせた。

「じゃあまあとにかく一緒に灯台行こうぜ、なっ！」

「あ、うん……」

「つーかもう俺、花火が丸いか平べったいかなんてどーでもよくなってきちゃったよー」

ベビースターラーメンをボリボリと囓《かじ》っていた稔がオレの自転車の後ろに乗ると、純一がオレの手をハンドルから剝《は》がして、稔を乗せたまま漕《こ》ぎ出した。

「俺もー」

和弘がその後を追いながらキレる。

「ふざけんなよ！　なんのためにここまで歩いてきたんだよ⁉　早く行くぞ‼」

前を歩く三人の向こうの山の上に、茂下灯台の小さな光が回っている。結局、こいつらと一緒《いっしょ》に灯台に行くことになってしまった。仕方なしに追いかけようとした時、

「……なずなは？」

「へ？」

ギョッとして振り返ると、いつの間にか祐介がオレの背後に立っていた。

近くで見ると、乾いた目の奥に微かな怒りを感じる。

「あ……もういないけど……」

駅での出来事を説明しようかとも思ったけど、余計に話がややこしくなるような気がして、やめた。

「つーか、そもそもなんでなずながお前んちに来たんだよ？」

曖昧《あいまい》なオレの言葉にさらに苛《いら》つきが増したのか、祐介がキレ気味に問いかけてくる。誤解を解きたい気持ちもあるけど、もうひとつの記憶《きおく》とごちゃ混ぜになって、どっちが「いま」なのかがわからなくなっていく。

「や、それは……プールで……」

「なんだよ？」

「いや、上手《うま》く説明できないけどその……」

「え、お前ら付き合ってんの？」

突然《とつぜん》過ぎる祐介のツッコミに、思わず大きな声が出てしまう。

「は!?　付き合ってねーよ！　つーかそんなわけねえだろ!!」

「じゃあなんなんだよ？」

オレだって、そんなことわからない。だけど、正直に起こったことをすべて話せば、祐介をもっと苛つかせるだけだろう。精一杯《せいいっぱい》考えてオレの口から出てきたのは、誤魔化《ごまか》すような言葉だけだった。

「っと……その……」

「……マジうぜえお前」

吐《は》き捨てるように言うと、祐介は純一たちの方に歩いて行ってしまった。祐介に舌打ちをされたのは、長い付き合いの中で、おそらく初めてのことだった。

「おー！　なんとかギリギリ間に合ったんじゃね？」

「あ！　すげえいっぱい人いる!!」

自転車から飛び降りた純一と稔が走り出す。

茂下灯台が立つ海沿いの丘《おか》に着いたのは、花火大会が始まる夜7時の数分前だった。

丘から見下ろす茂下海岸は、たくさんの人で賑《にぎ》わっており、屋台の灯《あか》りも連なっていた。

湾《わん》の真ん中にポッカリと浮《う》かぶ茂下島は薄暗《うすぐら》かったが、花火職人らしき影《かげ》がうごめいているのが見える。

教室で和弘が熱弁していたように、確かにこの場所は、花火が真横から打ち上がる。

「どっち⁉ 丸い⁉ 平べったい⁉」

稔は、疲《つか》れと興奮がゴッチャになっているようだ。

「まだ上がってねえよ。っていうか、丸いに決まってるけどな」

和弘が自信たっぷりに切り返すと、純一がすかさずツッコんだ。

「平べったかったらマジで宿題全部だかんな。つーかさ、どうせなら上で見ねえ？」

「上って、灯台の？」

純一が指した先には、茂下灯台の光がゆっくりと回っていた。

「おー！ いいじゃんそれ！」

言いながら稔が灯台の下に近づいて、高さ1メートルほどの小さなドアに手を掛けると、ギィイ～という金属音と共にあっさりと開いた。

「うわ！　すげえ！　階段がある!!　来いよ！」

中を覗《のぞ》き込みながら、稔が後ろ手でオレたちを手招きする。

「おーすげー、入れんのこれ？　ちょっと怖いんだけど」

そう言いながらも純一の声は明らかに興奮していた。

純一の後ろからドアの中を覗き込むと、薄明かりの中に螺旋《らせん》階段が浮かび上がっていた。幼稚園《ようちえん》の遠足以来、茂下灯台には何度か来たことがあったが、中を見るのは初めてだった。

「いいのかよ？　関係者以外立ち入り禁止って書いてあるぜ」

和弘がドアの横に貼《は》ってあるプレートに気づく。

「関係ねえよ！　つーか俺たち関係者だろ？　いいから昇《のぼ》ろうぜ！」

純一のよく分からない理屈《りくつ》に「なんの関係者だよ！」とツッコミを入れる間もなく、オレたちはドアの中に入った。青白い非常灯が等間隔《とうかんかく》で灯る螺旋階段は、一人しか歩けないほど幅《はば》が狭《せま》い。

「おい和弘！　お前先頭行けよ！」

「なんでだよ!?」

「懐中《かいちゅう》電灯持ってただろ！」

真っ先に中に入ったくせに、急に怖気《おじけ》付いた純一が和弘の体を先頭に押しやる。和弘、純一、稔、オレ、祐介の順でゆっくりと階段を進んでいく。

和弘の懐中電灯で照らされた螺旋階段は蜘蛛《くも》の巣だらけで、まるでホラー映画のような不気味さだった。

「超怖《ちょうこえ》えんだけど〜」

和弘が蜘蛛の巣を手で払《はら》いながら、か細い声を出す。

灯台とはいえ、観光名所になるような立派なものではないので、高さ15メートルほどのてっぺんまでは、1分もあれば昇れるはずだ。

だが、和弘の足はちっとも前に進まない。

「早く行けよ！　花火上がっちゃうぞ！」

イライラした純一が和弘の背中を押す。

「わかってるよ!!」という和弘の声は、
ヒュ〜……ドン！　ドドン!!

突然、外から鳴り響《ひび》いた音にかき消される。

「あ！」

「始まった!!」

「行けよ！　ホラ!!」

純一に背中を押された和弘は、何かが吹《ふ》っ切れたのか「おあああ〜！」と、大声を出して懐中電灯を振《ふ》り回しながら蜘蛛の巣に突《つ》っ込み、螺旋階段を駆《か》け上がっていった。

「よおおし！」

「行けええ!!」

純一と稔が和弘に続いて駆け上がる。

「丸い!?　平べったい!?」

「丸いに決まってんだろ!!」

「わかんねえぞ!!」

なんとなく出遅《でおく》れてしまったオレと祐介は、階段に取り残されてしまった。さっきから、祐介はオレの方を見ないし、そもそも和弘たちの会話にも加わってこない。

「行こうぜ……」

振り返らずに言ったが、返事はなかった。オレは気にせず足を進めていく。

「……おい！」

2〜3歩階段を昇ったところで、背中から祐介の声が響く。

振り返ると、祐介はオレの目を睨《にら》みつけていた。その妙《みょう》な威圧感《いあっかん》に体が怯《ひる》む。

「……なんだよ？」

よくわからないけど、ビビったら負けだと思ったオレは出来るだけ声を張ったが、続く祐介の声はさらに大きかった。

「……夏休み終わったら、告るからな俺！」

「え？」

「二学期始まったら、なずなに絶対好きって言うからな！」

言いながら祐介は、わざとオレの体にぶつかり、螺旋階段を駆け昇っていった。

なんだこいつ、突然……。リアクションのしようもなく、オレも追いかけていく。

螺旋階段を昇りきった狭い踊《おど》り場には、純一たちが固まっていた。

「開かねえぞ！　なんだよこれ⁉」

「もっと強く押せよ！」

外に出る扉《とびら》が錆《さ》びついて動かないようだった。扉の向こうから聞こえる花火の破裂《はれつ》音は、どんどん間隔《かんかく》が短くなっている。

「早くしろよ！　終わっちゃうよ！」

和弘のヒステリックな声が響く。

「まだ始まったばっかじゃねえかよ！……じゃあみんなでぶつかろう」

純一が急に腕《うで》まくりをし始めた。

「せーので、行くからな！　いいか……って、早くしろよ！」

「お、おう……」

純一の勢いに押されて、オレたちはドアの前に窮屈《きゅうくつ》な体勢で並ぶ。

「行くぞ……せーの!!」

純一の掛《か》け声と共に、五人の身体《からだ》がドアに突っ込んでいく。

バン!!

あっけなくドアが開いたので、オレたちはそのまま倒《たお》れ込んでしまった。

「痛《い》って……」

「おい、どけよ！」

「誰《だれ》だよ上に乗ってるの!!」

叫《さけ》び声が交わる中、いちばんに立ち上がった純一が柵《さく》に身を乗り出して叫ぶ。

「どっちだ!?」

稔と和弘もそのあとを追いかけて柵に並ぶ。

ヒュ～～……打ち上げ音が鳴り、オレたちは夜空に注目する。

「丸いか、平べったいか!?」

という稔の言葉に反応するように、空に花火が炸裂《さくれつ》した。

ドン！　ドドン!!

人生で初めてみる真横からの花火は……平べったかった。

「……え……」

呆然《ぼうぜん》と見つめる夜空に、いくつもの火花が飛び交う。だけどそれはどれも細い楕円形《だえん》……つまり平べったくって、いつも見ている花火とは別物のようにショボかった。

「ほおら！　平べったいじゃんかー!!」

純一が嬉《うれ》しそうに稔とハイタッチをする一方で、和弘は驚《おどろ》きのあまり言葉が出ないようだった。純一と稔は「宿題全部だ！　やったー！」と抱《だ》き合って喜んでいる。オレはその会話をどこか遠くのことのように聞いていた。

別に花火が丸くたって平べったくたってどうでもよかったはずだ。だけど、どうしてか納得《なっとく》できない気持ちがこみ上げる。おかしい、おかしい、何かが気持ち悪い。

呆然と花火を見ていると、ぶつぶつとつぶやいている和弘の声が耳に届く。

「こんなわけない！　花火が平べったいなんて絶対おかしい!!」

そうだ、絶対おかしい。花火は……丸いはずだ。平べったい花火がある世界なんて、存在するわけがない。でも、今目の前にある花火は確かに平べったい。

じゃあ、どうしてこんなことが起こっているんだ？

オレはなんで花火は丸いと思っていたんだ？

「……こんなこと、あるわけない……」

『そんな世界あるわけねぇだろ』

和弘の言葉と、いつか聞いた祐介の言葉が重なる。

それと同時に、二重の記憶《きおく》の糸が綺麗《きれい》にほどけていく。

『もしも……あの時……オレが勝っていたら……』

そう思いながら投げた、あの不思議な玉。

Y字路の分かれ道は、あそこだったんだ。

この現象はきっと、なずなの拾ったあの玉が起こしているんだろう。そして、オレの強く願うことがやり直しのスタート地点になる。

なら、今、オレがやるべきことは一つだけだ。

ポケットに入っていた不思議な玉を握《にぎ》りながら、オレは祐介に呼びかけた。

「祐介」

返事を待たずに伝える。

「……なずなはオレが取り戻《もど》すぞ」

【灯台上部】

フラッシュ――。
Y字路でもしも玉を投げた典道。
周囲が光に包まれて異次元空間となる。
プールの中の典道となずなの目が合う。
典道の部屋での祐介との会話。
祐介「つーかさ、花火なんて丸いに決まってんじゃん」
典道「え？　そうなの？」
祐介「そうだよー、え？　お前マジで言ってんの？」
典道「（恥《は》ずかしく）いや、まあうん……」
祐介「バカじゃねえのお前？　どこの世界に平べったい花火があんだよ。火薬が爆発《ばくはつ》すんだからどこから見ても丸いに決まってんじゃねえかよ」

典道「そっか……でも、もしも平べったかったらどうする？」
祐介「そんな世界あるわけねえだろ」

戻って――
典道、ポケットから玉を取り出して、思いっきり振りかぶって、夜空の平べったい花火に向かって投げる！
典道「もしもオレがあぁ‼」
空中に飛んでいった玉が不思議な発色と共に光り、周囲が異次元空間のようになる。
光に包まれる典道、祐介、純一たち。
一同「！！！？？？」

「もしも、オレがなずなと電車に乗ったら!!」

もしもの世界・その2

遠くからガタゴトと電車が近づく音が聞こえてくる。トイレの壁《かべ》の向こうにいるなずなに聞こえるように、オレは声を張り上げた。

「おい、電車来るぞ」

「うん、着替《きが》えたよ……」

うつむきながら振《ふ》り返ると、真っ先に赤いパンプスが目に飛び込んだ。視線を上げていけば、恥ずかしそうな表情を浮《う》かべたなずなが立っている。

少しだけ胸元《むなもと》が開いた黒いワンピース、ゆるやかにウェーブのかかった髪《かみ》。そして化《け》粧《しょう》をしたのか、ほのかに赤い口元。

さっきまでのなずなとは別人のようだ。そう思う反面、なぜかオレはこのなずなの姿に見覚えがあるような気がした。

じっと見つめ続けるオレが恥ずかしいのか、なずなは視線を逸《そ》らしたまま呟《つぶや》いた。

「どう？　18歳に見える？……見えるよね？」

「あ……いや……うん……」

いくら頭の中を探しても、具体的な言葉は出てこない。どうすればいいのかわからず、オレは自分の頭をグシャグシャとかき混ぜた。

すると、なずなが目を逸らしたまま、ポケットから何かを取り出した。

「これ見て」

「え？」

なずなの手には、例の不思議な玉があった。

「……それって、プールで見せてくれた……」

「今朝ね、海で拾ったの。なんかね……これを見つけた時に思ったの。出て行こうって」

「…………」

なずなは、手にした玉を見つめながら話し続ける。

「違《ちが》うな……その時思ったんじゃないいな……」

「オレがクロールに勝ったから？」

先回りしたようなオレの言葉に、驚いたようになずなが顔を上げた。だけど、なずな以上に驚いていているのはオレ自身だ。

ワンピースを着たなずなの姿を見てから、何かがおかしい。最初は、なずなの姿に見惚《みと》れているからだと思った。だけど、そうじゃない。

見覚えがあるから、おかしいんだ。

茂下駅の寂《さび》れたホーム、オレンジと黄色と少しだけ群青《ぐんじょう》色が入り混じった空、目の前のなずな、そしてなずなが手にしている玉。この景色と感覚を、オレは記憶している。

キシカンとか、デジャ……なんとかではなく、多分……いや、間違いなくオレはこの場所に立っていたんだ。

そして、もうすぐ何かが起きる……それも、何かとても嫌《いや》なことが……。

フワン！

電車の警笛音が聞こえてくる。

「一緒《いっしょ》に来てくれる？」

なずなが真っ直《す》ぐオレの目を見ながら言う。

涙《なみだ》のにじむ、この、なずなの祈《いの》るような目を、オレは確かに知っている。

「………」

ガタゴト音にブレーキ音が加わり、電車がゆっくりとホームに滑《すべ》り込む。

もうすぐ電車は完全に停《と》まり、ドアが開く。

どうすればいい、なずなと一緒に電車に乗ったとして、オレたちはどこまで行けばいいい？

考えても答えは出ない。けど今のままでは悪いことが起こるという、確信にも似た予感がオレを追いたてる。

「あのさ、これって前にも……」

「なずな!!」

改札口の方から金切り声が響《ひび》き、オレとなずなの間を裂《さ》いた。

そうだ、この声だ。この声が、いつも「悪いこと」を運んでくるんだ。

振り返れば、思った通りなずなの母親と中年のおっさんがいた。二人は改札を抜《ぬ》けて、怒《いか》りの形相でこちらに向かって走ってくる。

その表情に驚《おどろ》きはしたものの、怖《こわ》いという感情は湧《わ》いてこない。けれど、なずなはオレの身体《からだ》にぶつかりながら、ホームの柵《さく》に向かって走り出した。

「なずな！　待ちなさい!!」

怒鳴《どな》りながら母親とおっさんが目の前を通り過ぎてゆく。オレはそれを眺《なが》めながら、自分のするべきことを考えていた。このあと、なずなは……。

「なずな！　アンタなに考えてんの!!」

柵を飛び越《こ》える前に母親に捕《つか》まってしまった。

「やめて！　離《はな》して!!　やめてよ!!」

必死の抵抗《ていこう》もむなしく、両方の二の腕《うで》を母親とおっさんに摑《つか》まれたなずなは、改札のほうへと引きずられていく。

目の前で再現されている、どこかで見たことのある光景。そうわかっているのに、どうしてだかオレは動けないままだった。

「典道《のりみち》君！　助けて!!」

なずなの声が聞こえる。何度も聞いた声だ。前は完全に硬直《こうちょく》して動けなかった。そして、今回もどうすればいいのか分からないままだ。

頭の中がさらにゴチャゴチャになっていく。だけど、これだけは分かる。オレは絶対にこの光景をどこかで見たことがあるんだ。

「やだ！　行かない！　行きたくない!!」

なずなの叫《さけ》び声が遠ざかっていく。助けなきゃ……そう思うのに、オレの足は縫《ぬ》い付けられたようにその場から動けない。

「触《さわ》らないで！　ねえ、離してよ!!」

叫び声はますます遠ざかっていく。どうすればいい？　オレは……。

「典道君！　助けて!!　ねえ、典道君!!」

なずなの声が響き、ハッと顔を上げた。なずなが摑まれた右腕を振り払《はら》おうとした反動で、手に持っていた例の玉がフワリと離れる。

地面に玉が着地するのを見た瞬間《しゅんかん》、オレは金縛《かなしば》りが解けたかのように走り出した。

行かせちゃダメだ!!

改札の手前でなずなたちに追いついたオレは、衝動《しょうどう》的におっさんの手を摑んだ。

「なんだ？　君は!?」

「離せ！」

思いっきり力を入れるが、硬《かた》い筋肉に包まれた腕はビクともしない。

オレを振り払おうとしたおっさんの肘《ひじ》が……そうだ……この肘がオレの顔にあたるんだ！　反射的に顔を後ろに反らすと、肘が空を切る。

その勢いでバランスを崩《くず》したおっさんに、思いっきり体当たりをすると、右肩《みぎかた》が脇腹《わきばら》に食い込む感覚がわかった。

「ぐあっ！」

短く叫んだおっさんと一緒に、もつれるように地面に倒《たお》れる。

砂利《じゃり》が左手の掌《てのひら》に食い込み、一瞬痛みを感じるが、そのまま手に力を入れてオレは立ち上がりながら叫ぶ。

「なずな！」

初めて下の名前でなずなを呼んだことなんか、今はどうでもいい。オレとおっさんの揉《も》み合いに驚いた母親の手が、なずなから離れていることを察知し、右手を伸《の》ばす。

同時に閉まりかけた電車のドアが目に入る。

「行くぞ！」

なずなの手首を摑んで、力まかせに引っ張った。

そのまま二人で電車の中に倒れ込み、同時にドアが完全に閉まった。

ドアの外から母親の声が聞こえるが、小さな横揺《よこゆ》れと共に、ゆっくりと電車が走りだす。

「なずな！　待ちなさい!!」

オレとなずなが体を起こした時、電車は既《すで》にホームを離れ、窓から見える母親とおっさんが何かを叫んでいる姿はどんどん遠ざかっていった。それとは対照的に視界に空が広がっていく。さっき駅で見ていた時よりも、少しだけ青みをましている。

もうすぐ夜になる。そうだ、今日は花火大会の日だった。

純一《じゅんいち》たちと一緒に……違う、なずなと一緒に……あれ？　どっちだっけ？　どっちと花火大会に行く約束をしていたんだっけ？

記憶《きおく》を手繰《たぐ》ろうと無意識に目線を落とすと、左手に例の不思議な玉が握《にぎ》られていた。

あれ……いつの間に？　さっき駅のホームに転がったはずなのに……なんで？

頭に浮かんだいくつもの疑問を打ち消したのはなずなの声だった。

「すごいじゃん！　典道君、ケンカ強いんだ」

振り返ると、なずなはいつの間にか座席に座っていた。

「あ、いやあれは勢いで……っていうか誰《だれ》？　あの人」

「ん？　ママの再婚《さいこん》相手だよ」

「え？」

なんでもないことのように言い放つなずなだが、ちょっと外した目線が、あのおっさんに複雑な思いを持っていることを感じさせた。

「そうなの？……」

それ以上聞くべきなのか？　何か別の話をするべきなのか？　さらに小さな疑問が頭の中をうごめく。

「まあ、座んなよ。せっかくの貸し切りなんだからさ」

なずなが赤い布張りの席をポンポンと叩《たた》く。

見渡《みわた》すと、狭《せま》い車輌《しゃりょう》はオレとなずなの二人きりだった。

誘《さそ》われるまま座るのも、なんだか恥《は》ずかしかったが、電車がちょうど短いトンネルに入り、少しだけ車内が暗くなった隙《すき》に、なずなの横——って言っても70センチくらい離れた位置——に座った。

「ママ、再婚するんだって」

あっという間にトンネルを抜けると、なずなの横顔が思ったよりも近くに迫《せま》っていた。慌《あわ》てて少し距離《きょり》を取ろうと腰《こし》をずらそうとしたものの、逆になずなの方が近づいてくる。

「すごいでしょ！　3回目だよ」

浮《う》かせた腰をそのまま下ろしつつ、何か言葉を探すが口から出てきたのは曖昧《あいまい》なものだった。

「……そうなんだ……」

なずなの母親が、死んだ父親と結婚したのは2回目だってことは知っていた。

「ママが最初に結婚していた時に浮気《うわき》していたのがあたしのパパ。でもあたしができちゃって、それで二人で駆《か》け落ちしたんだって。ドラマとか映画みたいだったんだって。だからあたしは駆け落ちカップルの娘《むすめ》なの。カッコ良《い》いでしょ」

そこそこにヘビーな身の上話を、なずなはわざとあっけらかんと話しているように思えた。だからオレも「あ、へえ」と、できるだけ軽い口調で答えたが、心の中はズンと沈《しず》み込む。

なずなが引っ越してきたばかりの頃《ころ》、父さんと母さんがそんな話をしているのを聞いたことがあった。その時の母さんの、怪訝《けげん》そうな顔をして言った言葉を、なぜだかよく覚えている。

「男好きするタイプよね、あの奥さん」

その〝男好き〟という言葉の意味は知らなかったし、今もよくわかっていない。

だが、なずなの父親が死んでからスナックで働き始め、茂下町のおじさん連中に人気があることは、なんとなく知っていて、たぶん〝男好き〟っていうのはそういうことなのだろう。

「でも、パパは死んじゃった」

なずなの声のトーンが少し下がった。

なずなの父親が死んだのは、ちょうど一年前の今ごろだった。

震災《しんさい》直後は茂下の海から離れていたサーファーたちが少しずつ戻《もど》って来たおかげで、父親が経営するサーフショップも賑《にぎ》わいを取り戻していた。そんな時、東京から来た初心者のサーファーが沖《おき》に流された。それを救おうとして、巻き添《ぞ》えのような形で一緒に溺《おぼ》れ死んでしまったのだ。茂下の海の沖合は潮の流れが速く、父親の身体が浜《はま》に打ち上げられたのは、二日後の朝だった。

その日のことはオレも覚えている。朝から父さんと母さんが大騒《おおさわ》ぎをしていて、父さんが家を飛び出していくのを追いかけて海岸に向かった。

海岸は人だかりだった。浜辺には、小さく膨《ふく》らんだ青いシートにすがって泣き叫んでいるなずなと母親の姿があった。

波が身体を濡《ぬ》らすのも構わず、なずなはシートに向かって叫んでいた。その手は白くなるほどぎゅっと握りしめられているのが遠目からもわかった。

「あれから一年も経《た》ってないのに、ママもう新しい男の人と……信じられない……」

なずなの手はあの日と同じように、ぎゅっと握りしめられている。

俯《うつむ》いたままで表情は分からないけど、その姿を見てオレの頭の中でうごめいていた多くの疑問のいくつかが解けていった。おそらくなずなは、その再婚相手のことを受け入れることや、一緒《いっしょ》に暮らすことが嫌《いや》で、家を飛び出してきたのだろう。

「……それで家出しようとしたのか？」

なずなの横顔に呼びかけるが、俯いたまま返事をしない。

「そうなんだろ？」

するとなずなは急に立ち上がってオレを見下ろすように言った。

「っていうか、家出とか子どもっぽいからやめてくれる？」

目の前を立ち塞《ふさ》がれたことにビビったが、それを悟《さと》られまいと言い返す。

「じゃあ、なんだよ？」

さらになずなは前かがみになり、人差し指でオレの鼻先を突《つつ》くように顔を近づけた。

「か・け・お・ち」

「はあ？」

「あたしと典道君は駆け落ちしてるんだよ。あたしにはママのビッチな血が流れているんだから」

「…………」

その必殺スマイルに、身体《からだ》の中の血が掻《か》き回される。

おそらく真っ赤になっているであろう顔を見られまいと、誤魔化《ごまか》すように言い返す。

「……どうすんだよ？　これから」

あれ？　思わず口から出てしまった言葉に自分でも驚《おどろ》いた。これじゃまるでなずなの言う〝か・け・お・ち〟を受け入れているみたいじゃないか!?　いやいやいや、オレはそんなつもりはない。だってまだ中1だし、夏休みだし、宿題だって……脳内が小パニックを起こすが、目の前に迫っているなずなはオレをまっすぐ見たままだ。

「だからさっきいったじゃん、東京行って、二人で暮らそうよ」

「へ？」

「水商売がダメだったら、アイドルにでもなろうかな」

「なんだよ？　それ」

唐突《とうとつ》な言葉に思わず笑ってしまうが、なずなは相変わらず本気か冗談《じようだん》かわからない、謎《なぞ》の微笑《びしよう》を浮かべたままだ。

「無理かな？　けっこういけると思うんだけどな」

なずなは急に背筋を伸ばして、目をつむりながら息をスーッと吸い込んだ。

——夜明けの来ない夜は無いさ、あなたがポツリ言う
え？　歌？

知らない曲だった。突然《とつぜん》歌いだしたなずなに戸惑《とまど》って、他に誰も乗客がいないことはわかっていたのに思わずキョロキョロと周囲を見回してしまう。

なずなはそんなオレに構うことなく歌い続ける。

——燈台《とうだい》の立つ岬《みさき》で、暗い海を見ていた
つむっていた目がゆっくりと開かれて、オレを見つめる。その視線に耐《た》えきれず、次のフレーズを歌いだす前に、オレは慌てて遮《さえぎ》った。

「え？　ちょ、ちょっ、なになに？」

「これ、ママがカラオケでよく歌うの。松田聖子《まつだせいこ》とかいう人の歌らしいんだけど、小さい頃から聴《き》いてるから覚えちゃった」

素《す》に戻って答えてくれたものの、すぐにまた、なずなは歌いだした。

——悩《なや》んだ日もある、哀《かな》しみにくじけそうな時も、あなたがそこにいたから生きて来られた

どうして急に歌いだしたんだとか、なんでこの曲なんだとかツッコみたいことはたくさんある。けど、なずなの声が少しずつ大きくなってゆくのにつれて、オレはその歌に惹《ひ》きこまれていった。

窓から差し込む光は一段と弱くなっていたが、その光がなずなだけを照らしている。聴いているのはオレひとりだけど、オンボロ電車がまるでステージのように見えてくる。

——朝陽《あさひ》が水平線から光の矢を放ち

遠くに見える茂下の海に沈みかけているのは夕陽だ。だけど、その光が海を走っていく様子は確かに光の矢のように見えた。

——二人を包んでゆくの、瑠璃色《るりいろ》の地球

そこまで歌うと、なずなは満足したようにまたオレの横に座った。

〝るり色〟がどんな色なのだかオレにはわからなかったが、夕陽と反対側の空が少しずつ青くなっていて、ひょっとしたらこんな色なんじゃないかと思った。

燈台、海、光の矢、二人……なずなが歌った曲に出てくる言葉は、今日一日オレの周りで起こった出来事を象徴《しょうちょう》しているようだった。

純一たちと行くはずだった茂下〝灯台〟、なずながいた〝海〟、オレが投げたあの不思議な玉が発した〝光の矢〟、そしてオレとなずなの〝二人〟に何度も訪《おとず》れる……もしもの世界。

ぼんやりとではあるけれど、わかっていた。

オレが「もしもあの時」と強く願い、左手にあるこの不思議な玉を投げる。そうすると、「あの時」に戻れることを。つまり、この玉——もしもの世界を作り出すから〝もしも玉〟と呼ぼう——こそが今起きている不思議な現象を引き起こすキッカケになっているんだ。

でも、だとしたら、なずなが海辺で拾ったというこの〝もしも玉〟は、一体なんなのだろう。SFとかタイムスリップとか男女の入れ替《か》わりとか、そういう映画や小説やアニメには全く興味がないけど、オレが今日一日で体験したアレコレは、そういう類《たぐい》のものなのかもしれない。だがこれは現実だ……って言い切れるのか？ ひょっとしたらこれは長い長い夢なんじゃないか？ どこかで目が覚めて、いつものようにトイレに入って、母さんに「早く朝ご飯食べなさい！」って怒鳴《どな》られて、朝ご飯を食べて、ボロい自転車で坂道を降りて、祐介《ゆうすけ》や純一や稔《みのる》と学校まで競争して、海沿いのボードウォークを走っていると……

波打ち際《ぎわ》に立っているなずなを見かけて……。

そうだ。この不思議な一日は、なずなが砂浜《すなはま》で〝もしも玉〟を拾ったことから始まっているのかもしれない。

最初、玉は海でなずなに拾われて、Y字路の騒《さわ》ぎのときにオレの手に転がってきた。それを使ったことで1回目のもしもの世界が始まってなずなのもとに戻ったけど、今度は駅でなずなの母親に捕《つか》まったせいで、またオレの手元にやってきた。そして、2回目のもしもの世界……なずなのもとに戻った〝もしも玉〟は……今、オレの左手に収まっている。

でも、そもそもなんでなずなは、朝からあんなところにいたんだ？

「わかっているよ。駆け落ちなんてできっこないって……」

なずながポツリと呟《つぶや》き、我に返る。

電車に乗ってから、テンションが上がったり下がったり、歌まで歌っていたなずなの、久しぶりに聞く普通《ふつう》の声だ。

「でも、引っ越《こ》す前に……夏休みが終わる前に……」

え？　引っ越す？……ドクン！　と身体全体が心臓になってしまったように、音が響《ひび》いた。

電車に乗ってからではなく、今日一日ずっとテンションが上がったり下がったり、驚いたり、わけがわからなかったりはオレも同じだった。だが、たった今なずなが発した「引っ越す」は、これまでと違《ちが》う種類のインパクトで、心臓を鳴らした。

朝からさっきまで起きたことは、あまりに非現実的な出来事ばかりだったが、すべては目の前で起きたリアルな体験だった。

でも、なずなが引っ越すということは、あまりにも非現実的でリアリティーが感じられない。

だって、それってこの茂下町からいなくなるってことじゃないか……それはつまり、今オレの目の前にいるなずなと、もう会えなくなるってことで……そうか、母親が再婚《さいこん》するってことは、なずなを連れて引っ越すっていうことだったのか。

生まれてから一度も茂下町以外で暮らしたことのないオレには、そんな単純なことすら考えつかなかった。母親が再婚しても、相手の男が気に入らなくても、なずなはずっとこの茂下町にいるものだと思っていたのだ。

「え？　引っ越す？……」

なんとか絞《しぼ》り出した声は、なずなに届いているかどうかもわからないくらい小さく、掠《かす》れていた。

なずなは俯いたままだったが、その首が小さく縦に揺《ゆ》れるのがわかった。

「だからね……その前に、夏休みの間に……今日だけは……典道君といっ……」

だんだんと近づいてくる踏切《ふみきり》の警笛音が、なずなの言葉をかき消してしまう。

え？　オレとなんだっていうんだ……？

聞き直すこともできず、オレは自分の左手にある〝もしも玉〟をぎゅっと握《にぎ》りしめた。

なずなを取り戻《もど》すために、オレはこの〝もしもの世界〟に来たはずなのに、そのために電車に乗ったのに、この世界でもなずなは遠くのどこかに行ってしまう。

俯いた視界に入るのは、オレの履《は》き古したスニーカーと、なずなの赤いパンプス……。

その赤い色がやけに目に焼きつく。

カンカンカンカン！

デリカシーのない耳障《みみざわ》りな音がさらに近づいてきて、行き場のないイライラが込み上げる。

なんでだよ？　なんで、なずながいなくなっちゃうんだよ？……再婚するのは、そりゃ母親の自由だけど、もう少しなずなのことを考えてやってもいいんじゃないか……？　茂下町から出て行かなくたって……いや、もしかしたらなずなはそのことを母親に伝えたんじゃないか？　引っ越したくないって。でもそれは受け入れられずに……それで家を出る気になって……でも、なずなも自分で言っている通り、家出や駆《か》け落ちなんて中学生のオレたちにできるわけがないじゃないか……じゃあ、どうしたら……なずなはこの町から出て行かずに済むんだ？　いや、どうしたら、じゃない。

もし……もし……そうだ、もしも……。

そう思った瞬間《しゅんかん》、左手に妙《みょう》な熱が伝わってきた。握りしめていた玉が、微《かす》かに熱を帯びているようだ。いや、熱だけではない。さっきまで砲丸《ほうがん》のように黒かった色が、気のせいか熱と共に少しずつ赤くなってきているように見える。

そうか……もし、もしも……なずなの母親が再婚しなかっ……違う……もっと前だ、今のなずなを追い詰《つ》めている、そもそもの原因はなんだ？

……もしも、もしも……そうだ、もしもなずなのお父さんが死なな……

「それね、パパのところで拾ったの」

「え⁉」

なずなが急に〝パパ〟の話を始めたから、一瞬自分の考えていることが見透《みす》かされたかと思った。だけどオレを見るなずなの微笑《ほほえ》みを見て、そうではないと気づいた。

「パパのところって？」

「パパが……打ち上げられたところ……」

「……あっ」

朝の光景が瞬間的にフラッシュバックする。さっき、不思議に思ったことだ。なんでなずなは朝からあの浜辺にいたのか？

そしてあの場所へのオレの微かな記憶《きおく》が、なずなの言葉によって結びついた。

一年前、ブルーシートに包まれた父親の身体《からだ》にすがりついていたなずな。それと同じ位置にしゃがみこんでいた今朝のなずな。なずなの父親の身体が打ち上げられたのは、あそこだったんだ。

なずなにとってあの場所は、最後に父親と会った場所だったんだ。

自然と力が加わった左手が、また少し熱くなる。

それが自分の体の熱が伝導したのか、玉そのものが熱を発しているのかは、わからない。

だが、今オレが何をすればよいかは、わかった。

もう一度、この玉を投げるんだ。次に行く〝もしもの世界〟は、「もしも、なずなのお父さんが死ななかったら」だ。

今日繰《く》り返した2回の〝もしもの世界〟は、数時間前と数十分前だった。だが、オレがこの玉を投げたら、次は一年前に戻ることになる。死んだはずの人が死ななかった世界……そんなことをしてよいのかどうかはわからない。今、なずなといるこの世界がどういう世界なのかもわからない。だけど、花火が丸くても平べったくても、もうどうでもいい。オレがすべきことは、なずなを……。

オレは〝もしも玉〟を左手から右手に持ち替えた。

一年前ってことは、せっかく7センチ伸《の》びた身長がまた元に戻ってしまうが、どうせまた伸びるだろう。さらに右手に力を加える。さて、行くぞ……。

「もしも……」

腰《こし》を浮《う》かせて、腕《うで》を振《ふ》り上げようとした瞬間、なずなが窓の外の何かに気づいた。

「あれ？　祐介君？」

「へ？」

中途半端《ちゅうとはんぱ》な体勢だったオレは、コントのようにわかりやすくコケて、そのまま窓に手を突《つ》いた。

踏切に近づく電車から見えたのは、祐介……だけではなく純一と稔と和弘《かずひろ》もいた。

普通の電車だったら、一瞬で通り過ぎるだろうが、ガタゴトゆっくり走る茂下電鉄の窓から見える祐介たちの姿は、まるでスローモーションのように近づいてくる。

「ヤバい！」

踏切を通過する瞬間、咄嗟《とっさ》に体を沈《しず》めようとしたが、電車を見上げていた祐介たちが「あっ！」という表情を浮かべたのが見えた。

【踏切】

電車が通り過ぎて、警笛音が止まり、踏切が上がる。
祐介たち、電車を見送りながら、
祐介「…………」
純一「え？　今の典道？」
和弘「っていうか、及川《おいかわ》もいたよな？」
純一「え、どうなってんだよ祐介？　典道なんで電車に乗ってんの？　つーかなんであいつら一緒《いっしょ》にいんの？」
稔「付き合ってんじゃねえの？」
純一「マジか⁉」
純一と稔、抱《だ》き合って戯《たわむ》れる。
遠ざかる電車を見て固まっていた祐介が、

祐介「……ッキショー！」
祐介、電車を追いかけて線路を走りだす。
純一「おい！　何やってんだよ‼」
祐介を追いかける純一たち。

※

座席を背に床《ゆか》に座り込んだオレの無様な格好を見て、なずなが笑う。

「え？　どうしたの？　っていうか、何？　その顔」

目と口を開いたままのオレの顔が可笑《おか》しかったのか、なずなはさらに笑う。

なずなに笑顔《えがお》が戻ったことに一瞬心が躍《おど》るが、今はそれどころではない。

「わあ、バレた……お前と一緒のとこ見られた……」

「なにそれ？　バレたらダメなの？」

「ダメなんだよぉ……」

「なんで？」

「だって、オレ今日あいつらと花火を見に行く約束っていうか……いや、それより祐介はお前のこと……」

「あたしのこと？　なに？」

「いや……それはその……」

我ながら、さっきまでちょっとだけカッコ良かった自分が、ここまでダサくなるかと呆《あき》れたが、電車の外から聞こえてきた祐介の声に、さらにパニクった。

「典道ぃ！　待てよテメエ!!」

車輌《しゃりょう》の後部窓に行き、外を見ると電車を追いかけて、線路を走ってくる祐介たちが見えた。

その距離《きょり》、おそらく30メートル……いくらガタゴトゆっくり走っているとはいえ、中学生の脚力《きゃくりょく》では電車には敵《かな》わない。だが、やがて次の駅が近づいて電車のスピードが落ちてきたら……っていうか、祐介はなんであんなにキレているんだ？

オレは今、なずなと電車に乗っているけど……そうか、一緒に茂下神社に行くはずだったのに、家の前でオレがなずなを自転車の後ろに乗っけて逃《に》げて……。祐介からすれば、自分が好きだったなずなをオレが奪《うば》ったように思って……で、今ここか。そりゃキレるのもわかるような、わからないような……とか考えてる場合じゃない！

「え？　なんで追っかけてきてるの!?　怖《こわ》いんだけど！」

いつの間にかオレの横にいたなずなも、必死の形相で追いかけてくる祐介の姿にドン引きしている。

「だから……祐介はぁ、お前のことが好……」

言いかけた時、なずなが別方向を見て大声をあげた。

「え⁉　ママ⁇」

「え⁉」

見ると、海と反対側の線路と平行している道路を一台の軽自動車が走っていた。

その助手席には確かになずなの母親がいて、運転席のおっさんに何か言いながらこっちを指差している。もちろんオレには読唇術《どくしんじゅつ》なんか無いけれど、「いた！　追いかけて‼」とか言っていることは想像できた。

「どうしよう⁉　典道君！」

なずながオレのTシャツの袖口《そでぐち》を摑《つか》む。

後ろから追いかけてくる祐介たちと、真横を電車より速いスピードで走る車を見ながら考える。

もうすぐ、次の駅に停《と》まる。祐介は線路からホームに上がってくるだろう。電車より早く駅に着くはずのなずなの母親とおっさんは、改札口から……このままでは両方から挟《はさ》まれてしまう。

気づけば、ガタゴト音の間隔《かんかく》が緩《ゆる》やかになり電車のスピードが落ち始めてきた。

「降りよう……」

「え？」

「次の駅で降りるぞ!!」

さっき、茂下駅で電車に飛び乗った時と違《ちが》って、今度はしっかりと意識して、オレはなずなの手を握《にぎ》った。瞬間《しゅんかん》、なずなの体温が伝わってくる。

これから何があろうが、オレはこの手を離《はな》さない!!

そう決意して、握った手にさらに力を込めた。

線路の方を見ると、祐介たちはもうホームの近くまで来ていた。

駅前の小さなロータリーには、軽自動車が停まっていて、ドアからなずなの母親とおっさんが飛び出してきている。

キ、キキ、キキキィーー。

耳障りなブレーキ音と共に、電車がゆっくりと灯台前駅のホームに滑《すべ》り込む。完全に停車するまでドアが開かないのはわかっていたが、それでもイライラする。

プシュ〜〜。間抜《まぬ》けな音を鳴らしながらドアが開き、ちらっとなずなと視線を合わせる。

「行くぞ!」

手を握ったまま、ドアから飛び出す。その瞬間、「なずな!!」という絶叫《ぜっきょう》がホームに響《ひび》き渡《わた》る。改札口にいた駅員の制止を振り切って、なずなの母親が鬼《おに》の形相でこっちに向かってきていた。

そして、線路の方からは、

「典道！　てめえどうなってんだよ!!」

と祐介が吠《ほ》えながらホームに上がってくる。

母親と祐介に挟まれて、ひるんだなずなの手をぐっと引く。

「こっちだ！」

オレは真っ直《す》ぐ前に向かって走り出した。駅舎の横に立ち並ぶ木の柵《さく》はほとんど朽《く》ちていて、柵の体《てい》を成していない。その隙間《すきま》を縫《ぬ》うようにして、オレとなずなは駅の外に出た。

「走るぞ！」

「うん！」

さらに強くなずなの手を握り、ロータリーとは反対方向の坂道に体を向ける。

背後から聞こえるなずなの短い声には同意以上の気持ちが込められているように感じられて、なんだか急に自分が男として強くなったような気がしてきた。だけど、「なずな！　待ちなさい!!」「待てよ！　典道!!」と、迫《せま》る声に慌《あわ》てて加速する。

一瞬だけ振《ふ》り返ると、そこには木の柵を乗り越《こ》えようとする、なずなの母親、再婚《さいこん》相手のおっさん、祐介、純一、稔、和弘が若い駅員と何やら揉《も》み合っていた。

「ちょっと！　なんなんだ!?　あんたら！」「娘《むすめ》です！　娘が……」「友だちがあっちに逃

げたんですよ！」「お前ら線路を走って来ただろ!!」「え？　いやいやいや……」「警察呼ぶぞ！」

チャンス！　いずれまた追いかけてくるだろうけど、この隙に距離を稼《かせ》ぐことはできるはずだ。

見も知らぬ駅員さんに感謝しつつ、【この先500メートル茂下灯台】と記された看板が立つ緩やかな坂道を上がってゆく。

気づけば、空を切る風が少し冷たくなっていて、電車に乗った時はオレンジの領域のほうが広かった空は、ほとんど群青《ぐんじょう》色に染まっている。

もうすぐ、花火大会が始まる時間だ。

「ねえ！」

「なんだよ!?」

「どこに行くの!?」

「え？」

「わっかんねえよ！」

「だから、わっかんねえよ！」

「なにそれ？」

走りながら、なずなが小さく笑った。オレの家の前からなずなを連れ出した時も、同じような会話をした。あの時も、どこに行くのか目的地なんてわからなかった。

さっきチラッと目に入った看板が頭をよぎる。このまま坂道を進めば、茂下灯台にたどり着くはずだ。なんだ、結局オレは純一たちとの約束通り、灯台に行くのかと少しおかしくなるが、それは偶然《ぐうぜん》であって、本来目指していた場所ではない。

いや、本来目指していた場所なんてどこにもないんだ。

「でもさぁ」

振り返らずに、なずなに話しかける。

「え？」

「オレは……もしも……もしも、なずながいなくなるとしても、今だけは一緒《いっしょ》にいたい!!」

「…………」

「…………」

オレの一世一代の告白に、なずなは何も返さず無言を貫《つらぬ》いている。ふと我に返って自分がものすごく恥《は》ずかしいことを言ってしまったことに気づいた。しかも、結構勇気出して言ったことがスルーされてる……めちゃカッコ悪《わり》ぃじゃんもう！

ああ、言うんじゃなかっ……と、なずなの右手を繋《つな》いでいた左手の感触《かんしょく》が変わった。

ただ普通《ふつう》に握っていたはずのなずなの手が一瞬ほどけて、オレの指と指の間に、なずなの指が絡《から》みついてきた。さらにその五本の指にギュッと力が加わるのがわかった。オレも指先に力を入れて返す。

これでもう、ちょっとやそっとのことでは、二人の手は離れない。

【海へ向かう道】

典道となずなを見失った、母親・男・祐介・純一・稔・和弘が周囲をキョロキョロと見ながら走っている。
遠くに見える山の稜線《りようせん》に立つ風車のプロペラが止まっている。
祭りの灯《あか》りや人々のにぎわいに混じって、海岸の方から花火が上がる音がする。
純一「あー、始まっちゃったじゃんかよ！」
稔「丸い？　平べったい？」
和弘「ここからじゃ見えねえよ！」
母親「(純一に) ねえ、あの子たちどこに行ったの⁉」
純一「いや、わかんないっす」
と、前方から腕《うで》を組んで歩いてくる光石《みついし》先生と三浦《みうら》先生。
三浦先生は浴衣《ゆかた》姿である。

光石「あれ？」
三浦「ん？　あっ！」
純一たちも気づく。
純一「あっ！」
三浦、咄嗟《とっさ》に光石から離れる。
純一「わ！　やっぱり付き合ってんじゃん‼」
三浦「違います‼（誤魔化《ごまか》すように）なにしてるのあなたたちはー⁉」
稔「なにって、花火大会行こうとして……あっ、行かなくていいのかよ？　灯台」
三浦「はあ？」
純一「そうだ！　調べなきゃ！」
それまで黙《だま》っていた祐介、稔の〝灯台〟に反応して、
祐介「……‼」
祐介、来た方向に走りだす。
和弘「おい！　どこ行くんだよ⁉」
祐介「（走りながら）灯台だ！　あいつら絶対に灯台にいる‼」
純一「マジか⁉」

母親「そうなの？」
一同が走り去っていき、静寂《せいじゃく》が戻《もど》る。
三浦「なんなのかしら？　まったく……」
光石「……あれ？　晴子《はるこ》の胸ってさ、こんなに小さかったっけ？」
三浦「はあ？」
光石「小さいっていうか、こんなに平べったかったか？」
光石、触《さわ》ろうとして、
三浦「なにすんのよ変態！」
三浦、光石にビンタをする。

坂道を上がりきると、急に視界が拡《ひろ》がった。

海沿いの丘《おか》の上に立つ茂下灯台からは、海岸を見下ろすことができる。花火大会だからだろう、海岸には屋台の灯りとその間を通り抜《ぬ》けていく人の影《かげ》が見える。

真っ暗な海にぽかりと浮《う》かぶ茂下島では、ほのかについた灯りが花火職人らしき人影を映し出している。

まだ、花火は上がっていないようだ。

駅からずっと走ってきたので、二人とも息が切れていて、ハァハァという声だけが薄暗《うすぐら》い丘に響く。

なずなの母親も、祐介たちも、どうやら振り切ることができたようだ。

繋いでいた手は、もう解きほぐしても良いタイミングだが、オレもなずなも離《はな》すことはなかった。いや、オレに限って言えば、離したくなかったのだ。

少しずつ息が整ってきたなずなが顔を上げる。

「結局来ちゃったね」

「え？」

「花火大会。ちょっと遠いけど」

「そうか……そうだな」

二人の他には誰《だれ》もいない安堵感《あんどかん》と、色々なことがあり過ぎてすっかり約束のことを忘れていた。なずなもそうだったようで、お互《たが》い顔を見合わせて小さく笑った。

「せっかくなら上で見るか？」

「え？」

オレは灯台を指差した。

「え？　灯台の？　昇《のぼ》れるの？」

「昇れるんだよ」

なずなの手を引きながら灯台の下に近づく。

小さなドアに手を掛《か》けると、ギィィ～という金属音と共にあっさりと開いた。

なずなが恐《おそ》る恐る中を覗《のぞ》き込む。

「わ、なんか階段がある」

「ちょっと暗いけど、上まで行けるから」

「なんで知ってるの？　入ったことあるの？」

「そうだな。あるかもな」

「いいの？　関係者以外立ち入り禁止って書いてあるよ」

「いいんだよ、っていうかオレたち関係者だろ？」

「なにそれ？　わけわかんないんだけど」

そう言いながら笑うなずなの手を引きながらドアの中に入る。青白い非常灯が等間隔《とうかんかく》で灯《とも》る螺旋《らせん》階段は、一人しか歩けないほど幅《はば》が狭《せま》く、なずなはオレの背中に張り付くようにして歩幅《ほはば》を合わせている。

なずなの息づかいが首筋にあたり、ドキドキとザワザワが一緒くたになる。

その時、壁《かべ》の外からヒュ～……ドン！　ドドン!!　と、音が鳴り響《ひび》いた。

「あ……」

「始まったね、花火大会」

「そうみたいだな」

「ねえ典道君」

「え？」

「花火って丸いんだっけ？　平べったいんだっけ？」

「は？」

「今日、教室で話してたじゃない？　みんなで」

「ああ、そういえばそうだな……」

たった4～5時間前のことなのに、オレにはずいぶん前のことのように思えるのは、同じ時間を何度も行き来しているせいなのだろう。

「そんなの……丸いに決まってるだろ」

「そうなの？」

今思えば、なんであんな決まりきったことを熱く議論していたのかわからない。和弘の言う通り、火薬が爆発《ばくはつ》するんだから、どこから見ても花火は丸いに決まっている。

さっき……って言っても、もういつのことだか頭がこんがらがってよくわからなくなっているけど、この灯台の上で祐介たちと見た、あの平べったい花火は間違《まちが》っているんだ。あんな世界があるわけがない。だから、オレはこうやってなずなを取り戻しに来たんだ。

オレがなずなと一緒《いっしょ》にいる、今こうやって手と手をしっかり握《にぎ》りあっているこの世界こそが正しいんだ。だから花火だって……

「絶対に丸いんだよ」

螺旋階段を昇りきって狭い踊《おど》り場に着いた。

外に出るドアの向こうから聞こえる花火の破裂《はれつ》音は、どんどん間隔が短くなっている。

確かこのドアは錆《さ》びついて動かないはずだ。

手を離してしまうと離れ離れになってしまうような気がして嫌《いや》だったが、仕方なくオレはなずなから手をほどいた。しっかりとノブを握り、体当たりをするように体をぶつける。

勢いよく開いたドアと共に、体が外に飛び出た。

「おわっ！」

思わずよろけてしまうが、反射的に目の前の手すりを握り、転ばずに済んだ。

「大丈夫《だいじょうぶ》？」

「あ、うん。全然」

その時、海岸の方からヒュ～という音がして、オレとなずなは同時に目線を移した。小さな火花が真っ直《す》ぐに夜空に向かって駆《か》け上っていく。

数秒後、破裂音と共にまん丸い花火が天空に咲《さ》くはずだ……。

そう確信しながら手すりから体を起こして、なずなの横に並んだものの、ふと花火を見つめるなずなの表情はどんなだろうと興味を引かれ、横顔を盗《ぬす》み見た。

夜空を真っ直ぐに見る、なずなの目。暗闇《くらやみ》のなかでも輝《かがや》きを失わないその強さに、惹《ひ》きつけられる。

その一方で、オレはいつまでなずなと一緒にいられるのだろう……という不安もこみ上げてくる。自分の中でプラスとマイナスの気持ちが交差していく。

ドン！　ドドーン!!

花火が破裂し、なずなの瞳《ひとみ》にも火花が映りこむ。黒目の中で飛び散る火花は……あれ？

なんだこれ？

「え？……」

先に呟《つぶや》いたのは、なずなだった。

「え？」

慌《あわ》ててなずなの横顔から夜空に目線を送ると……夜空に広がる花火は、見たこともない形で四方八方に……なんだこれは？……なんて言うか、大小さまざまな火花が、それぞれ違《ちが》うスピードで夜空に飛び散ってゆく。火花そのものに意思があるかのようにグニャグニャ動いている様子は、まるで命を宿した火花が夜空を〝うごめいている〟ように見えた。

その形は丸くも平べったくもない、奇妙《きみよう》でグロテスクなものだった。

「え？……なんだこれ？」

「なんか……気持ち悪い……」

なずなが言う通り、その花火は美しくもキレイでもなく、気持ち悪さしか感じられない。

最近の花火にはこういうグロテスクな種類があるのか？　ひょっとして新しい花火？……考えを巡《めぐ》らせるが、立て続けに夜空に上がる花火は、どれも似たような、アメーバ状の形で、丸くも平べったくもなかった。

「なずな……」

「え？」

「違う……この世界は、違うよ……」

オレが最初にあの不思議な玉を投げて、祐介たちとこの灯台で見た花火は……その〝世界〟の花火は平べったかった。そんなはずはないと、もう一度玉を投げて、今なずなと一緒に見ている花火は丸いはずだった……丸くなきゃいけなかったんだ。

元の正しい、花火が丸い世界に戻っているはずだったんだ。

「花火がこんな形のはずない……」

空に広がるグロテスクな花火を呆然《ぼうぜん》と見ながら、オレは呟くことしかできない。

前の世界で願ったように、確かになずなを取り戻すことはできた。だけど、この気持ちの悪い花火は、それを否定しているかのように思えた。

オレが取った行動も、なずなと一緒にいるこの瞬間《しゅんかん》も、間違っているのか？

と、左手の指先に何かが触《ふ》れたことに気づく。

見ると、それはなずなの両手だった。

ダラリと下がったままのオレの左手を、なずなの手が柔《やわ》らかく包みこんでいる。

「どっちでもいいよ……」

「え？」

「丸くても、平べったくても、こんな変な形でも」

「………」

包んだ手を見ていたなずなが、目線をあげた。なずなの瞳にうつるのは、混乱しきった様子のオレの顔だ。

なずなはオレとしっかりと目を合わせて、囁《ささや》いた。

「典道君と二人でいられるなら、そんなのどっちでもいい……」

真っ直ぐにオレを見るその瞳には、なんの迷いも感じられなかった。

何か言わなきゃと言葉を探すが、何も見つからない。なずなの瞳に吸い込まれて、このままどこかに行ってしまいそうになる。

なずなの口元が軽く緩《ゆる》む。

オレも自然と顔の筋肉が緩み、お互いに微笑《ほほえ》んだまま見つめ合った。

なずなはこの世界が「おかしい」とは思っていないのかもしれない。オレだけがこの世界の「おかしさ」に気づいているのかもしれない。

だけど、そんなことはどうだっていいと思えた。なずなと一緒にいられるなら、こんなおかしな世界でも……そう思いかけた時、

「あ！　いたぞ!!」

聞き覚えのある声が、オレたちの空気を切り裂《さ》いた。

手すりから身を乗り出して下を覗くと、純一を先頭になずなの母親とおっさんと、友人御一行様《ごいっこう》が坂道から丘《おか》に出て、灯台に向かって走ってくるところだった。

純一のすぐ後ろには祐介がいて、こっちをキッと睨《にら》んでいる。

「お前何やってんだよ！」

「なずな!!」

和弘のシャウトに、なずなの母親の金切り声が被《かぶ》さる。

「なずな！　なにやってんの!?　降りてきなさい!!」

今日、何度も何度も聞いたその声だが、これまででいちばん大きな、そして感情的な声だった。

「おい！　典道!!」「そこで何やってんだよ!!」「なずな!!」「降りてきなさい！　危ないから!!」「どうやって昇ったんだよ!!」「あ、ここ開いてるぜ！」

色んな声色《こわいろ》がごちゃ混ぜになるが、最後の甲高《かんだか》い声が稔だということはわかった。灯台の真下にいた稔が、半開きのドアを開いて中を見る。

「おい！　階段があるぞ！」

その声に真っ先に反応したのは、祐介だった。

純一たちと少し離《はな》れたところからオレたちを見ていた祐介が、ドアに向かって走り出す。

そして、祐介の後をなずなの母親が追いかけ、灯台の中に姿が消えてゆくのが見えた。

「おい！　祐介!!」さらに純一たちとおっさんもドアに向かって走り出した。

うるさかった怒鳴《どな》り声が止《や》んだ代わりに、螺旋階段を昇《のぼ》ってくる足音が近づいてきた。

「どうしよう……典道君、どうしよう……」

なずなが不安げな声を漏《も》らす。

「…………」

くそっ、結局こうなってしまうのか。花火が丸くても、平べったくても、キモい形でも、どの世界でもオレとなずなは一緒にはいられない。もちろん、家出も駆け落ちもできないことはわかっている。一緒にいられるのはせいぜい今日だけ……オレだって家に帰らなきゃいけないし、なずなだって……でも、せめて……花火大会が終わるまでは……一緒にいたいんだ！

さっき電車が踏切《ふみきり》を通った時、祐介たちと目が合わなければ……なずなの母親が乗った車に追いかけられなければ……もし、もしもそうだったら……!!

「なずな……二人きりになれる世界に行くぞ」

言いながらオレはポケットに入れていた〝もしも玉〟を取り出した。

「投げるぞ」

「え？」

右手に力を入れながら、左手はなずなの手を摑《つか》む。

今度こそ、二人だけになれる〝もしもの世界〟に行くんだ。

「もし、もしも……」

目の前の夜空に、またグロテスクな形の花火が広がる。オレはそれにめがけて投げよう
と、右腕《みぎうで》を大きく振《ふ》りかぶる。

「もしも！　祐介やなずなのお母さ……」

バン！

右手からもしも玉が離れたその瞬間、背中のドアが大きく開いた。

「典道!!」

同時に祐介が飛び出してきて、思いっきりオレとなずなにぶつかった。

「!!!」

祐介の体の衝撃《しょうげき》で、オレとなずなはそのまま前につんのめる。手すりに手を掛《か》けよう
と右手を伸《の》ばすが、勢いが止まらずにその手は空を切った。

「あ……」

視界がグルリと回り、次の瞬間、体が宙に浮《う》いたことがわかった。

オレとなずなの体は、手を繋《つな》いだままで灯台から真下の海に向かって落下して……うわあああ!!　死ぬのか⁉　このまま海に落ちて死ぬのか⁉

もの凄《すご》いスピードで眼下の真っ黒い海が近づいてくる。

死にたくない!!

抗《あらが》うように顔を背《そむ》けると、オレが投げたもしも玉が、花火に向かって飛んで行くのが見えた。

さっき言いかけた言葉を思い出して、オレは思いっきり叫《さけ》ぶ。

「もしも！　なずなと一緒《いっしょ》にいられたら!!」

もしもの世界・その3

気づくと目の前で、オレを見下ろすようになずなが立っていた。

――夜明けの来ない夜は無いさ、あなたがポツリ言う

あ……ここか……ここに戻《もど》ってきたのか。

1回目と2回目の〝もしもの世界〟と違《ちが》って、3回目のこの世界では、確実に〝戻ってきた〟感覚があった。

ガタゴトと揺《ゆ》れる茂下電鉄の車内、窓から見える暮れかけた茜色《あかねいろ》の空、そして目の前で歌うなずな。既視感《きしかん》ではなく、確かにオレはこの場所にいた。

「これ、ママがカラオケでよく歌うの。松田聖子《まつだせいこ》とかいう人の歌らしいんだけど、小さい頃《ころ》から聴《き》いてるから覚えちゃった」

「あ……そうなんだ……」

この曖昧《あいまい》な返事も、しっかりと覚えている。

――悩《なや》んだ日もある、哀《かな》しみにくじけそうな時も、あなたがそこにいたから生きて来られた

なずなの歌声を聴きながら、考える。これが前にテレビで観《み》た、時をかける……なんだっけな？　確か同じ一日を繰《く》り返す女の子の話だったけど、それと同じようなものかどうかはわからない。ただ、何かを願ってこの〝もしも玉〟を投げると……ってあれ？

違和感《いわかん》を覚えて左手を見たが、そこには何も無かった。〝もしも玉〟が無い……さっき、なずなとこの電車に乗っていた時は左手に持っていたはずだ。

1回目も2回目も、時間が戻った時は、なずながあの玉を持っていた。なずなを見るが、手には何も持っていない。オレのポケットの中にも無い。どこかその辺に転がっているのか？　キョロキョロと見回すが、それらしいものはどこにも無かった。

「何よ？　ちゃんと聴いてるの？」

歌い終わったなずながオレの横に座る。

「あ、いや……あの玉……」

「玉？」

「ほら、お前が海で拾ったって言ってたあれ……」

「ああ、さっき電車に乗るときに落としてきちゃったんじゃない？」

「そうなの？　かな……」

駅のホームで、なずながおっさんに摑まれた腕を振り払《はら》った時、手に持っていたあの玉を落としたのは、覚えている。地面に落ちていく玉がスローモーションのように見えて、砂利《じやり》の地面に着地した瞬間《しゅんかん》、オレは走り出したんだ。

それで、なずなの手を握《にぎ》ってこの電車に飛び乗って……。

もしかしたらあの玉を投げて〝もしもの世界〟に行けるのは3回だけなのか？　誰《だれ》が決めたんだかわからないけど、そんな回数券みたいなシステムになっているのかもしれない。だとしたら、今いるこの世界からは、もう、どこにも行けないってことなのか？

「あれ、パパのところで拾ったの」

「え？」

「パパが……打ち上げられたところ……」

なずなが父親の話をし始めたところで、ハッとなる。この話が始まったってことはもうすぐ……。耳をすますと、カーンカーンカーンカーン……踏切の音が迫《せま》ってきていた。

「隠《かく》れて！」

「え？　なんで？」

「いいから！」

オレは戸惑《とまど》うなずなの肩《かた》を抱《だ》いて無理やり前に倒《たお》し、一緒に前屈《ぜんくつ》の姿勢になった。

「なんでなのよ？」

なずなが声を上げるが気にしている場合じゃない。はやく、はやく通り過ぎてくれと祈《いの》る。

踏切《ふみきり》の音が遠ざかり、電車の中にガタゴト音が戻ってきた。オレは前屈の姿勢をほどいて、窓から踏切を歩く祐介《ゆうすけ》たちの姿を確認した。純一《じゅんいち》と稔《みのる》がへらへらと笑いながら、和弘《かずひろ》にちょっかいをかけているのがわかる。けど、祐介だけは足を止めて、こっちを見ているような気がした。いや、向こうからこっちの姿がもう見えるわけないし……大丈夫《だいじょうぶ》なはずだ。よしっ、これで祐介たちはクリアしたから次は……。

「え！　ママ⁉」

なずなが海と反対側の道路を走る軽自動車に気づいた。

その助手席にはなずなの母親がいて、運転席のおっさんに何か言いながらこっちを指差している。そして軽自動車はスピードを上げて、電車を追い抜《ぬ》いていった。

「どうしよう？……次の駅で絶対待ってるよ……また捕《つか》まっちゃう……」

「いや、たぶん大丈夫……」

「え？」

その瞬間、キキィーッという音と共に、大きく右に揺れた。

「うわ！」

「キャッ！」

二人とも立っていられずに、オレは床《ゆか》に、なずなは座席に倒れ込んだ。

茂下電鉄は、市内から終着駅の茂下駅までほとんど真っ直《す》ぐに走る路線だ。

だが、電車は進行方向に向かって90度近く曲がった。こんな急カーブはあるわけがない。

まだ揺れは続いていたが、オレはなんとか立ち上がって窓の外を見る。平行しているはずの道路が遠ざかり、電車は防波林を直進して、海の方に向かっている。

そうか、これで灯台前駅でなずなの母親たちに捕まることはなくなる。

さっきの世界での失敗をやり直すことができて、オレはほっと息をつくが、

「典道《のりみち》君、なんか変だよ……」

なずなが窓の外を見ながら目を丸くしている。

「何が？」

「見て」

なずなが指差した先には、防波林の木々が立ち並んでいた。

が、前に社会の授業で先生が言っていた「茂下町の防波林にはクロマツの木が使われています。クロマツは幹が真っ直ぐ伸《の》びて、汚染《おせん》や塩害に強いので向いているのです」という言葉が嘘《うそ》のように、数百本あるクロマツは、どの幹もグニャグニャに曲がっていた。そ

れはまるで、さっきの世界で見た花火のようにグロテスクな光景だった。

「何これ？……」

「わかんねえ……」

と言いつつも、オレにはなんとなくわかっていた。

今日オレが体験したそれぞれの〝もしもの世界〟は、花火が平べったかったり、キモい形だったり、スイカバーが丸かったり、風力発電のプロペラが逆に回っていたり、何かが元々いた世界とは違っていた。今いるこの〝もしもの世界〟もまた、見慣れた風景や形が、別の形状になっているのだろう。丸いはずのものが平べったかったり、真っ直ぐだったはずのものが曲がっていたり……だからこのクロマツの幹もこんなグニャグニャになっていて、真っ直ぐだったはずの線路も曲がって電車は急カーブしたんだ。

でも、だとしたら、この電車はどこに向かって進んでいるんだ？

そんなことを考えているうちに、窓の外の奇妙《きみよう》な防波林がまばらになってきた。

次の瞬間、電車が前に傾《かたむ》きかけてオレとなずなの体がフワッと浮《う》いた。前を見ると、運転席の向こう側には海しか見えなかった。

「え？……」

体がまた揺れる。前傾《ぜんけい》していた電車が水平になり、そのままスケートリンクを滑《すべ》るように、すぅーっと海の上を走り出す。さっきまであんなにガタゴト鳴っていた音は止まり、車内には静寂《せいじゃく》が訪《おとず》れた。

「マジか……」

「……これって、海の上を走っているの？」

「……みたいだな」

窓の外を見ると、すぐ近くに茂下海岸が見えた。

海岸は花火を待つたくさんの人で賑《にぎ》わっていて、その向こうには屋台の灯《あか》りも連なっている。反対側の窓を見ると、湾《わん》の真ん中にポッカリと浮かぶ茂下島があり、花火職人らしき人たちが見えた。

そうか、この世界では電車は茂下湾を横切るように、海の上を走っているのか……だとしたら、この電車の行き先は……。そこまで考えて、どうしてこの3回目の〝もしもの世界〟に、〝もしも玉〟がないのかが繋《つな》がった。

今日何度も繰り返してきた、オレが願った〝もしもの世界〟。

それは、きっと、これで最後なんだ。

さっき、灯台の上からあの玉を投げた時、オレは「もしも、なずなと一緒《いっしょ》にいられたら！」と願った。その願いは確かに叶《かな》えられている。祐介たちにも、なずなの母親にも捕まらずに、こうやってなずなと一緒にいる。

でも、その願いに、オレはひとつ言い忘れてしまったことがある。

本当はこう言わなければならなかったんだ。

……もしも、なずなと、ずっと一緒にいられたら……と。


「え……なんで？……」

窓に顔を近づけて海岸を見ているなずなの横に立ち、答え合わせをするように話しかけた。

「……あの玉を投げたからだよ」

「え？」

「なずなが、お父さんのところで拾ったあの玉だよ」

「……なに言ってるかわかんないんだけど」

「……もしさ、もしもあの玉を投げると、自分が戻《もど》りたい場所と時間に連れていってくれる、そういう願いを叶えてくれる玉だったら……お前なにに使う？」

「そんなわけないじゃん」

「だからもしもだよ、もしも」

「……そんなこと急に言われても……わかんないよ」

「お父さんがいなくなる前に戻りたい？」

「え？……」

「つーか投げたんだオレ……あの時……」

「……いつ？」

「いつっていうか……何回も」

「……そうなの？」

「放課後、お前んちの近くのY字路でお母さんに見つかって連れ戻されたじゃん」

「……え？」

「まず最初は、あの時に投げた」

「ちょっと待って。なんの話？」

「憶《おぼ》えてないの？」

「知らない、いつの話？」

「今日」

「今日？」

「夕方」

「今が夕方じゃん。っていうか、ママに連れ戻されそうになったのは駅でしょ？　さっき、電車に乗る前に」

「違《ちが》うんだよ、それは1回目のもしもの世界なんだよ……だから、今日を何回も繰《く》り返してるんだよ。憶えてないの？」

「意味わかんない。典道君、どうかしちゃったの？」

「オレがあの玉を投げたから……」

「…………」

「信じる？」

「…………」

「……わけないよな、こんな話」

「……ちゃんと説明してよ」

「わかった……なずな、オレがクロールで祐介に勝ったから、だから花火大会に誘《さそ》ったんだよな？」

「……そうだよ」

「ほんとはオレ、祐介に負けたんだぜ」

「…………」

「最初お前は、祐介を花火大会に誘ったんだ」

「安曇《あずみ》君となんか嫌《いや》。ありえない」

「でもお前はオレじゃなくて祐介を誘ったんだ。それでお前は祐介んちに行ったんだけど、あいつは約束をすっぽかしてさ、代わりにオレがあいつんちに行って……で、オレと一緒に歩いている時に、お前はお母さんに捕まって、そんでそん時にオレ、お前が落としたあの玉を拾ってさ、思いっきり投げたんだ……もしも、クロールでオレが祐介に勝ってたらって思いながら……そしたら、なんか周りがぐわああってなって……」

「ぐわあああ？」

「ぐわあああっていうか……ぐにゃあああってなって……」

「言葉知らな過ぎ」

「うるさいっ……とにかくそんで、気づいたらプールの中で泳いでたんだ……で、今度はオレが勝って……お前はオレを花火大会に誘って一緒に行くことになったんだけど……また……」

「今度は典道君がすっぽかしたの？」

「すっぽかしてねえよ！……その色々あって、でも電車に乗る直前に、また連れ戻されちやったんだよ。お母さんと、再婚《さいこん》相手の人に……」

「それで？」

「で、オレは祐介たちと花火を見に灯台に行ったんだけど、その花火が平べったくて……そんなわけない、花火が平べったいわけない、こんな世界は違うって思って、またあの玉を投げたんだ……もしも、なずなと一緒に電車に乗れたらって思いながら……」

「……で？」

「で、なんとか電車には乗れたんだけど、今度は祐介たちに見つかって、お前のお母さんにも追いかけられて、みんなから逃《に》げて、灯台まで行ったんだけど……今度は花火が丸くも平べったくもなくて、グニャアアみたいな超《ちょう》キモい形で、それでこの世界も違うって思って……」

「また投げたの？」

「うん……」

「なんて思いながら投げたの？」

「え？　あ……それは……その……」

「言ってよ」

「え……うん、えっと……もしも、なずなと……」

「え？　聞こえない」

「……だからぁ！　もしもなずなと一緒にいられたら!!」

「…………」

「……って思いながら投げた……」

「……で、今ここ？」

「……うん」

「じゃあ、なんで海の上を走っているの？」

「いやだから、たぶんだけど……さっきの世界では灯台前の駅でなずなのお母さんの車が待ち構えていたから、それで……」

「電車が曲がってくれたの？」

「だと思う……って信じるわけないか……こんな話……」

「……じゃあ、これは典道君が作った世界なの？」

「いや、オレが作ったわけじゃないけど、この〝もしもの世界〟？　では、それまでとはなんかちょっと違うことになっているっていうか、花火が平べったかったり、変な形だったり？　よくわかんないけど……」

「ふぅん……」

「だからさ、なずな」

「え？」

「なずなは、もし、もしも戻りたい時間に戻れるとしたら、どうしたい？」

「え？」

「いや、その……思ったんだよ。なずながあの玉を拾った場所って、その……お父さんと最後に会った場所なんだろ？」

「うん……」

「だからひょっとしたら、あの玉は結果的にオレが何回も投げることになっちゃったけど……本当は、お父さんがなずなに渡《わた》したんじゃないかって……いや、なんていうかその、お化けとか幽霊《ゆうれい》とかそういう話じゃなくて、なんかわからないけど……あっちの？　そういう世界があって、そこにいるお父さんが、なずなに会いたくて……」

「え？　じゃああたしたち今、死後の世界に呼ばれてるの？」

「いやいやそうじゃなくて……なんていうか……だから、もし、もしもなずなのお父さんが海でその……」

「死ななかったら？」

「……うん」

「…………」

「…………戻らないよ」

「え？」

「そりゃもちろんパパがいなくなったことは淋《さみ》しいし、今でもすごく会いたくなる時があるけど……」

「うん……」

「でも、そんなことしたら、パパは悲しむと思う」

「……なんで？」

「だって、あたし今でもあの浜辺《はまべ》でパパと会ってるもん、話してるもん」

「…………」

「何かいいことがあったりね、嫌なことがあったりすると、いつもあそこに行くの。それでパパに話すの。こんなことがあったんだよって」

「…………」

「そうするとね、聞こえてくるの、パパの声が。波の音に混じって、海の向こうから聞こえてくるの。いっつも同じ言葉なんだけど」

「……なんて？」

「生きろ」

「え？」

「生きろって、いつもそれだけ聞こえてくるの」

「…………」

「今朝も聞こえたよ」

「…………」

「だから大丈夫《だいじょうぶ》」

「…………」

「だからあたしは大丈夫なんだよ、典道君」

「…………」

「……え？　泣いてるの？」

「……泣いてねえよ」

「泣いてるでしょ！　こっち向いてよ」

「やだよ！」

「向いて」

なずなに肩《かた》を掴《つか》まれて、無理やり体を起こされる。さっきからボロボロ泣いていたオレは、その顔を見られまいと、顔をうつむかせた。

「それにさ……」

「なんだよ？」

手で涙《なみだ》をぬぐい、なずなを見ると大粒《おおつぶ》の涙が目から溢《あふ》れ、顔中を濡《ぬ》らしていた。

「一年前に戻《もど》ったら、また典道君より小さくなっちゃうでしょ」

泣きながら、なずなはオレにとびっきりの笑顔《えがお》を見せる。

それは、今日一日ずっと見上げていたなずなの、いちばん可愛《かわい》い顔だった。


茂下湾《わん》を渡りきった電車は、再び大きくカーブを切った。

やがて、スピードが落ちて、ブレーキ音を鳴らしながらゆっくりと停車する。

着いた駅は……茂下駅だった。

この世界の茂下電鉄の線路は、直線ではなく、大きな円になっていて、同じ場所をグルグルと回るようだ。見たことも乗ったこともないけれど、東京の山手《やまのて》線の超ちっちゃいバージョン？　みたいなものなのかもしれない。

ドアが開き、オレとなずなはホームに降りた。

「戻って来ちゃったね」

「うん」

もしかしたら〝もしも玉〟が落ちているかもしれないと思い、辺りを見回すがどこにもなかった。

「もう電車に乗っても、どこにも行けないんだね」

「うん……」

「典道君があの玉を投げたから」

「そうだな……」

どちらともなく空を見上げると、ほんの少しだけ薄《うす》いオレンジを残して、ほとんどが群《ぐん》青《じょう》色に染まっていた。


もうすぐ、今日最後の花火大会が始まる。


無人の改札を出ると、駅舎の外の壁《かべ》にオレの自転車がもたれかかっていた。

オレは思わず笑ってしまう。

もういつのことだったかもわからなくなっているけど、そういえばなずなと二人乗りをして、ここまで来たんだっけな。あの時は、行き先もわからずに、ただ必死こいてこの自転車を漕《こ》いでいたけど、もう祐介たちも、なずなの母親たちも追ってこない。まるで、帰ってくるオレたちを待っていてくれたかのようなオンボロ自転車を起こして、なずなを誘《さそ》う。

「行くか」

「うん」

海へ向かう緩《ゆる》やかな坂を下りながら、オレたちはこの世界のおかしな光景を見回す。道沿いに生えている木はさっき見た防波林のクロマツと同じようにグニャグニャと曲がっている。立ち並ぶ古い家々の壁も真っ直《す》ぐではなく、昔絵本で見たお菓子《かし》の家のように丸っこい。

山の稜線《りょうせん》に立つプロペラの羽根は何重にも重なっていて、縦に回ったり、横に回ったりしている。そのプロペラの少し上に浮《う》かぶ月は、さっきの世界で見た花火と同じように、グニャグニャしたキモい形だった。

「ねえ」

後ろからなずなが話しかけてきた。

「なんだよ？」

「これが、典道君の作った世界なの？」

「わかんねえけど、そうかもな」

「なんか、不思議の国のアリスみたいじゃない？」

「なんだよそれ？」

「あたしがアリスで、典道君が白うさぎなんじゃない？」

「はあ？」

「そういえばあの白うさぎもなんか投げてたよね。石だったかな？　玉だったかな？」

　題名と、なんとなくの内容くらいは知っていたが、物心ついた頃《ころ》からジャンプ少年だったオレにとって、女の子が好んで読むような本は無縁《むえん》の世界だった。

「どうなるんだよ？　その話」

「え？」

「なんか、不思議な国に行っちゃうんだろ？　アリスとかいう子が」

「まんまじゃん」

「うるさい、だから最後どうなるんだよ？　アリスは」

「……どうだったかな、忘れちゃったな」

それからオレたちはしばらく無言で、自転車を走らせた。

目に入るものすべてがおかしなこの世界だったけど、空を切る海風の心地好《ここちよ》さは、いつもと一緒《いっしょ》だった。

今朝、いつもと同じようにこのオンボロ自転車で家を飛び出して、海に向かう坂道を下りていった時と同じ風だ。そう思った瞬間《しゅんかん》、得体の知れない小さな恐怖《きょうふ》が心をざわつかせた。

オレはもう、なんの変哲《へんてつ》もない夏休みの一日だったはずの、今日には戻れないのか……。なずなとこうしていることは嬉《うれ》しいけれど、祐介たちや、父さんや母さんや、学校はどうなっちゃうんだ？　もう会えないのか？　あいつらとくだらないことを言い合ったり、母さんに怒《おこ》られたり、学校で遊んだり、大好きな一晩おいたカレーライスもう……。

「もしもさ……」

背後からなずなの声が聞こえた。

「もしも、典道君がもう1回、あの玉を投げて、元の世界に戻して欲しいって言ったら、どうなるのかな？」

「え!?」

この世界では、なずなはオレの心の中が見えるのか？　一瞬、そんなことを思ったが、なんとか平静を取り戻して答える。

「そりゃ……元に戻るんじゃないのか？」

「そっか……」

ひょっとしたら、なずなもオレと同じことを考えていたのかも知れない。さっきなずなは、アリスが最後どうなったか忘れたって言ってたけど、そのテの物語のパターンとして、不思議の国に行きっぱなしで終わるってことはないだろう。元の世界に戻ったアリスがどうなったかは知らないけれど、そのアリスと自分を重ね合わせていたのではないだろうか？

だとしたら、元の世界に戻ったなずなは……。

「でもさ、そうしたら……」

「ん？」

「どっか行っちゃうんだろ？」

「…………」

「そんなの嫌《いや》だ……それだったら、オレはこのおかしな世界で、なずなと一緒にいる」

「…………」

なずなは黙《だま》ったままだった。

真正面を向いて、目と目を合わせていたら、こんなことはとても恥《は》ずかしくて言えない。

だが、こうやって二人乗りで前を向いたままだったら、オレの言葉を、本当の気持ちを、
海風がなずなに届けてくれるかもしれない。ちょっと口に出さずに練習してみるか……。

「オレは……なずなのことが……」

いや、言えねえし！　言えるわけねえし!!

自転車が坂道を下りきり、海沿いの道に曲がった時、ようやく背中から声が聞こえてきた。

「ねえ、泳ぎたくない？」

なずなに言われるまま、辿《たど》り着いたのは茂下海岸の外れだった。

薄暗《うすぐら》いコンクリートの階段を足元を確かめるように、二人で並んで下りる。

対岸には、花火を待ちわびる茂下町のほとんどの住人で賑《にぎ》わう様子や、屋台の灯《あか》りが見えた。

「わ、やっぱりこっちには誰《だれ》もいないね」

表情はよく見えなかったが、なずなの声は妙《みょう》に明るい。

スニーカーの感触《かんしょく》がコンクリートからボードウォークに変わった時、ここがどこであ

るか、はっきりとわかった。今朝、波打ち際《ぎわ》に立っていたなずなを見かけた……つまり、なずなが父親と最後に会った場所に、オレとなずなはいた。

対岸の遠い喧騒《けんそう》に混じって、小さな波の音が聞こえてくる。

と、なずながモゾモゾと足元を動かして、靴《くつ》を脱《ぬ》ぎ始めていた。

「おい、本当に泳ぐのかよ？」

そんなオレの声を無視するように、なずなはボードウォークから砂浜《すなはま》に降りてこっちを振《ふ》り返った。

そして、黒いワンピースの裾《すそ》を摑んでゆっくりと上にあげてゆく。

「‼」

その姿はシルエットでよく見えなかったが、なずなの体を包む色が、黒から光沢《こうたく》のある薄い銀色に変わり、それに反射してなずなの表情が浮かび上がった。

なずなはオレを見て、照れているような、はにかんでいるような、でも笑っているような、そんな顔をしていた。

どうすればよいのかわからずに、思わず目を逸《そ》らすと、なずなは背中を向けて海の方に走っていった。

「おい‼」

思わずオレもその後を追って走る。

裸足《はだし》のなずなと、スニーカーが砂に取られたオレとの距離《きょり》がどんどん開いてゆく。

待てよ！　と言いかけたが、バシャバシャと波を蹴《け》る音がそれをかき消す。やがてその音は聞こえなくなり、波打ち際に来た時には、元の小さな波の音しかしなくなっていた。

踝《くるぶし》まで海に浸《つ》かり、スニーカーがビショビショになるが、どこにも見えなくなったなずながが心配で、そんなことはどうでもよかった。

「おいっ！　なずな!!　おーい！」

目の前には、墨汁《ぼくじゅう》を溶《と》かしたような真っ黒い海が静かに波打っているだけだ。

すると、15メートルほど先の水面から急になずなが飛び出してきた。

「!!」

顔に長い髪《かみ》を張り付かせたまま、こちらも見ずになずなは海の中に直立している。

オレはなずなの予想外の行動に固まっていたが、

「信じらんないことすんなよな」

と、ようやく声にする。

だが、なずなはオレの方を見ずに空を見上げた。

「ねえ、典道君」

「なんだよ？」

「この世界では、どんな花火が上がるのかな？」

「え？……」

「丸いかな？　平べったいかな？　それともぐにゃぐにゃの変な形？」

「ああ……」

波打ち際に立つオレと、海の中にいるなずなの距離がもどかしかった。

今日、繰《く》り返す世界の中で、オレとなずなは何度も引き離《はな》され、そしてオレはなずなを何度も取り戻《もど》した。そしてこの世界で、やっと二人きりになれたのに……。

いや、待てよ。今だったら……お互《たが》いの顔がはっきり見えないこの距離だったら、さっき自転車で言いかけたことが、言えるかもしれない。いや、言わなきゃいけないんだ！

花火が上がる前に！

「……なずな！」

自分でもビックリするくらい出た大きな声に、空を見上げていたなずなが振り向く。

「え？」

呼びかけたものの、そしてなずながこっちを見たものの、次の言葉が出てこない。

「あ、いや……」

「何よ？」

もうすぐ花火が上がったら、それがどんな形であろうとオレたちはそっちに気を取られてしまうし、夜空に散る火花に照らされて、お互いの表情がわかってしまう。

オレが今から口に出そうとしているのは、とてもじゃないが、なずなの顔を見ながら言えるような言葉じゃないんだ。今日一日オレは、これまでの自分だったら考えられないような、まるで漫画《まんが》のヒーローみたいな行動をたくさんとってきた。

だけど、これからしようとしていることに比べたら、そのどれもが大したことないと思えるくらい緊張《きんちょう》していた。

「何よ？　言ってよ」

なずなの語気が少し強まる。

言うしかない。言うぞ。言うんだ。言え！

なずなに少しでも声が届くように、オレはバシャバシャと海に入ってゆく。

そして、叫《さけ》んだ。

「オレは！　なずなのことが……」

言いかけた瞬間、なずなの背中の向こう側に、ヒュ～～という音と共に、小さな火の玉が夜空を駆《か》け上がっていくのが見えた。

「!!」

「!!」

オレとなずなは同時にそれを見る。

光の尾《お》を揺《ゆ》らしながら、火の玉は上空までゆっくりと昇《のぼ》ってゆく。

釣《つ》られるように、オレとなずなの目線も上へ、上へと向いてゆく。

今日初めて下から見る花火だ。

やがて、火の玉のスピードが落ちて頂点に達すると、次の瞬間、夜空一面に火花が散った。

ドン！　ドドーン!!

四方八方に散った火花は、どれも均等なスピードで緩《ゆる》やかな弧《こ》を描《えが》き、夜空に広がってゆく。

「あ!!」

「ああ!!」

その形は……平べったくも、キモくもなく、見事なほどに丸かった。

最初の一発をキッカケに、次々と火の玉が上がり、次々と色とりどりの花火が夜空に咲《さ》く。

そのどれもが……丸かった。

夜空に次々と咲く丸い花火をしばらくの間、見上げていた……いや、見上げることしかできなかったオレたちだったが、海岸の人々の「おおー!!」「すげえ!!」の声に少しずつ我を取り戻す。

「あれ?……」

「……丸いよ、典道君」

「……なんで?」

これまでの〝もしもの世界〟のルール……ってそんなものがあるかどうかわからないけど、もしあるとしたら、この世界の花火が丸いはずがなかった。

だって、まっすぐ進むはずだった電車が曲がったり、木があんな変な形になっていたり、他にも本来あるべき形がおかしなことになっていたんだ。だから本当は丸いはずの、元の世界の花火が見られるはずじゃなかっ……ってことは、ここは……。

「戻った……」

「え?」

「オレたち、戻ったのかもしれない……元の世界に……」

慌《あわ》てて、海と反対側の陸の方を見る。

山の斜面《しゃめん》に建つ家々はお菓子《かし》の家の形なんかじゃなく、ちゃんと角ばっている。その周りに立っている木々も、まっすぐにそびえ立っており、山の稜線《りょうせん》で回る風力発電のプロペラも、これまで見慣れた形でちゃんと時計回りになっていた。プロペラの上に浮《う》かぶ月も……丸かった。

誰かが、もしも玉を投げたのか？　さっきの世界でオレが灯台から投げたあの玉は、そのまま海に落ちていったはずだ。じゃあ、どうして？

ドン！　ドドーン!!　ドン！　ドン！　ドドーン!!

混乱するオレをあざ笑うかのように、夜空には丸い花火がいくつもいくつも咲き続ける。

さっき、ちょっと考えた〝もしもの世界〟のルールみたいなものがあるとすれば、もし……もしもあの玉が、元々いたはずの海に戻ったら、まるでゲームがリセットされるように〝もしもの世界〟も元の〝もしものない世界〟にリセットされてしまうのか？

バシャバシャ！

花火の音に混じって聞こえてきたのは、なずなが海水を何度も顔にかけている音だった。何度も、何度も、なずなはそれを繰り返す。それはまるで、何かを吹《ふ》っ切っているように見えた。

やがてその手を止めたなずなは、ゆっくりとオレの方を向いた。

花火の灯りが、なずなのビショビショに濡《ぬ》れた顔を照らす。

泣いているような、笑っているような、不思議な表情で、なずなはオレに言った。

「……もう、お別れだね」

「え？」

一瞬《いっしゅん》、なずなが発した〝オワカレ〟がうまく漢字変換《へんかん》できなかったが、その物悲しい響《ひび》きに、すぐに〝お別れ〟という言葉が浮かんできた。

瞬間、オレの頭の中に、〝本当の世界〟で起きた出来事が次々と蘇《よみがえ》る。

トイレのカレンダーに書き込まれた〝花火大会〟の文字、女子アナの声、カレーの上にのった卵の黄身、オンボロ自転車で駆け下りる坂道と海風、キラキラと輝《かがや》く波うち際に立つなずな、教室でオレを見るなずなの目、プールで寝転《ねころ》がっているなずなの水着姿、胸元《むなもと》からフワリと空に飛び立つトンボ、海で拾った玉を見せる手、「50メートル？　あたしもやる」の声、三人で飛び込んだプールの水飛沫《みずしぶき》、先を泳ぐなずなの後ろ姿、ターンをしてこっちに向かってくるなずなの目……ゴーグルを着けていないその目は、確かにオレを見ている。

なずなはオレを見ていたんだ。ずっと、ずっと前から、ずっと……。

ふと、右足に鈍《にぶ》い痛みを感じた。

海から足を持ち上げて見ると、かかとに傷があり、皮膚《ひふ》がめくれて薄《うす》いピンク色になっていた。

戻ったんだ……本当に……元の世界に……。

ということはもう……なずなは……。

見ると、なずなは……オレを見て笑っていた。だが、その目には海水ではない雫《しずく》が浮かんでいて、今にも溢《あふ》れてしまいそうだった。

「うわああああああ!!!」

自分でもわけがわからずに、オレは大きな声を出しながらTシャツとスニーカーを脱《ぬ》ぎ捨て、なずなに向かって走り出した。

オレの突拍子《とつぴょうし》も無い行動に一瞬戸惑《とまど》うなずなを、オレは思いっきり抱《だ》きしめようとするが、急に深くなったところで足がもつれて、なずなを押し倒《たお》すような格好で、二人一緒《いっしょ》に海に沈《しず》んでゆく。

暗いはずの夜の海中を、上空で咲き続ける花火の光が照らす。

空を舞《ま》う火花の飛沫が、水中の泡《あわ》に溶《と》け込んで、オレたちはまるで花火の中にいるみたいだ。

そこは、すべてがスローモーションの、オレとなずなの〝二人きりの世界〟だった。

水中花火の中を、オレとなずなの体がゆらゆらと漂《ただよ》う。

すると、オレの両手をなずなが摑《つか》んできた。しっかりと指を絡《から》ませながら、オレの目を見る。

オレもしっかりと目を開けて、なずなの目を見る。

ゴーグルなんかなくても、水中でしっかりとなずなの顔が見える。

オレを見ながら微笑《ほほえ》むなずなの顔が、ゆっくりと近づいてくる。

そして、なずなは目を閉じて、さらにゆっくり顔を寄せて……オレの唇《くちびる》に自分の唇を重ねた。

「!!」

突然《とつぜん》かつ大胆《だいたん》ななずなの行為《こうい》に、いや！　生まれて初めての……キスに、オレの許容範《はん》囲《い》は完全にオーバーした。一瞬、ほんの一瞬だけなずなの唇の感触《かんしょく》が、ぷるぷるの卵の黄身みたいだなと思ったが、ファーストキスパニックでそれどころではなく、急性酸素欠《けつ》乏《ぼう》状態になったオレはすぐになずなの唇を離《はな》し、空気を求めて海中から顔を出した。

新鮮《しんせん》な空気を求めて、思いっきり空に向かって口を開けると、夜空一面に丸い花火が咲き誇《ほこ》っていた。

やっぱり打ち上げ花火は下から見ても丸いし、ってことは横から見ても丸いんだよな……。

あらかじめわかっていたはずのことだが、ひょっとしたら今ごろ茂下灯台では、祐介たちはこの花火を横から見て、同じことを思っているかもしれない。

そんなことを考えながら灯台の方に顔を向けると、海中から飛び出してきたなずなが視界に入った。オレは思わず目を逸《そ》らしてしまう。

向こうからしてきたとはいえ、さっきまでキスをしていたなずなに、どんな顔をすればよいか、オレにはまったくわからなかった。

「うわ！　すっごいキレイ!!」

そんなオレのことなどまったく気にせず、なずなは体をくるりと翻《ひるがえ》し、空の花火に向かって水面で仰向《あおむ》けになった。

体は海中に溶けて沈んでいたが、顔だけはぽっかりと海に浮かべている。

「すごい……花火の中にいるみたい……」

さっき、オレが海の中で思ったのと同じことを、なずなが呟《つぶや》く。

そのことになんとなく安心したオレは、なずなと同じように、顔だけを浮かべて、体を海に預けた。

波の揺らぎが自然とオレとなずなの距離《きょり》を縮めてくれる。

夜空には相変わらず花火が丸く咲いていたが、これが永遠に終わることがないはずはなかった。

あと数十分もすれば、花火大会は終わる。

海岸にいる人たちも、それぞれの家に帰ってゆく。

灯台にいるであろう、祐介たちも皆《みな》、自分の家に帰る。

オレだって、なずなだって、そうだ。

だって、13歳のオレたちにとって、他に戻《もど》るところなんて無いんだから。

今日みたいに、どこかに違《ちが》う世界があることなんて、無いんだから。

「ねえ、典道君」

夜空の花火を見上げたまま、なずながオレに言う。

「え？」

なずなの方を向きたかったけど、鼻や口に海水が入りそうで、なずなと同じように見上げたままで答える。

「次に会えるの、どんな世界かな？」

「…………」

「楽しみだね」

そう言って、なずなは体を横に傾《かたむ》けて、そのまま浜辺《はまべ》の方に向かってゆっくりと泳いでいった。

波に反射する花火の光が、遠ざかるなずなを溶かしてゆく。

オレはその美しい姿を、ただ見つめることしかできなかった。

いや、なにか言おうとしても、泳ぎ去るなずなの後ろ姿が、それを拒否《きょひ》しているように思えた。

なずなは〝もしも〟なんて無い〝たった一つの世界〟に向かって、しっかりと進んでいった。


もし……もしも、またなずなに会えることがあったら、それがどんな世界であろうと、ちゃんと自分の気持ちを伝えるんだ。あの〝もしも玉〟を投げた時みたいに、大きな声で……。

「オレは、なずなのことが大好きだ!!!!」

あとがき、というか、あとがたり。

僕は普段《ふだん》、テレビドラマや映画の監督《かんとく》をやっているんですけどね……。と、本来ならば小説の余韻《よいん》を楽しむはずの所謂《いわゆる》〝あとがき〟で、いきなりこんなことを言われても困るかもしれないけど、まあ聞いてもらいたい。

この『打ち上げ花火、下から見るか？横から見るか？』は、元々24年前にテレビドラマとして作られたモノです。

そのドラマがアニメ映画としてリメイクされることになり、僕が脚本《きゃくほん》を書くことになったのですが、その際にドラマとはキャラクターや設定が変わり、後半のストーリーが新たに付け加えられました。

具体的に言えば、小学生だった典道《のりみち》やなずなが中学生になったり、もしもの世界が1回だけだったのが数回になったり、ドラマでは存在しなかった〝もしも玉〟が登場したり……。

まあ、つまりはアニメ用にアレンジしたのですが、岩井《いわい》俊二《しゅんじ》さんが作ったオリジナルの世界観から大きく変わってしまった箇所《かしょ》も多々あります。

今回「ノベライズを書きませんか？」と言われた時に、最初は「小説なんて書いたことないから無理！」と断ったのですが、ふと考え直しました。

「原作ドラマから変更《へんこう》したキャラクターや設定、新たな後半の展開に関しては、それを作った自分に責任があるのではないか？」

ならば、最後まで責任を持つべきと、慣れない小説を書くことにしたのです。


なので、この小説には拙《つたな》い部分や、言葉足らずな箇所が多々あります。

中でも普通《ふつう》の小説と違う、突然《とつぜん》脚本のような文体になるパートは、読んでいて違和感《いわかん》を覚えた方も多いのではないでしょうか。

これは、この小説全体が典道の目線で進んでいるので、典道がいない・見ていないシーンがどうしてもうまく書けず、ならばいっそ脚本のまま書いちゃえ！　みたいな……。


そんな僕の言い訳はどうでもいいのですが、言いたいことはあれです。

元々ドラマやアニメありき、つまり映像作品として作られたモノなので、この物語はとても映像的である。ということなのです。当たり前ですが。

ドラマもアニメも観《み》ておらず、この小説を最初に読んだ人もいるでしょう。

それはもちろんとてもありがたいことなのですが、できればドラマやアニメと併《あわ》せて楽しんでいただきたい。

小説を読みながら思い浮《う》かべていた景色や、登場人物たちがより具体的になるし、素人《しろうと》作家が書いた不明瞭《ふめいりょう》な箇所も「ああ、こういうことだったのね」と、納得《なっとく》していただけるかもしれません。

っていうかねえ、絶対に観てもらいたいの！

この小説でも頑張《がんば》って書いてみたんだけど、典道の小・中学生男子ならではの女のコとの微妙《びみょう》な距離感《きょりかん》や、気持ちを伝えられない描写《びょうしゃ》は、映像の方が伝わるんですよ。

そして何よりも、なずな！

ドラマのなずなも、アニメのなずなも、そりゃもうとてつもなく可愛《かわい》くて、とてつもなく魅力的《みりょくてき》です！

ドラマ・アニメ・小説、ぜひこの3つのセットで『打ち上げ花火、下から見るか？横から見るか？』を楽しんでください!!!

あ、最後になりますが、この作品の産みの親である岩井俊二さん、アニメ映画版を作った新房昭之《しんぼうあきゆき》監督及《およ》びスタッフの皆さん、企画《きかく》・プロデュースの川村元気《かわむらげんき》さん、ドラマやアニメに関《かか》わった全《すべ》ての方々、そして何よりもこの小説を手にとって、読んでくださった皆さんに伝えたいことがあります……。

大好きだあ!!!!

2017年5月

大根《おおね》　仁《ひとし》

本書は二〇一七年六月、角川文庫より刊行された『打ち上げ花火、下から見るか？横から見るか？』に挿絵と部分的なルビを追加したものです。

打《う》ち上《あ》げ花火《はなび》、下《した》から見《み》るか？横《よこ》から見《み》るか？

原作　岩井俊二《いわいしゅんじ》
著　大根 仁《おおね ひとし》

角川スニーカー文庫　20460

2017年8月1日　初版発行

発行者　三坂泰二

発　行　株式会社KADOKAWA
〒102-8177 東京都千代田区富士見2-13-3
電話　0570-002-301（ナビダイヤル）

印刷所　旭印刷株式会社
製本所　株式会社ビルディング・ブックセンター

Printed in Japan　ISBN 978-4-04-106033-9　C0193

★ご意見、ご感想をお送りください★
〒102-8078 東京都千代田区富士見 1-8-19
株式会社KADOKAWA　角川スニーカー文庫編集部気付
「岩井俊二」先生
「大根 仁」先生

角川文庫発刊に際して

角川源義

第二次世界大戦の敗北は、軍事力の敗北であった以上に、私たちの若い文化力の敗退であった。私たちの文化が戦争に対して如何に無力であり、単なるあだ花に過ぎなかったかを、私たちは身を以て体験し痛感した。西洋近代文化の摂取にとって、明治以後八十年の歳月は決して短かすぎたとは言えない。にもかかわらず、近代文化の伝統を確立し、自由な批判と柔軟な良識に富む文化層として自らを形成することに私たちは失敗して来た。そしてこれは、各層への文化の普及滲透を任務とする出版人の責任でもあった。

一九四五年以来、私たちは再び振出しに戻り、第一歩から踏み出すことを余儀なくされた。これは大きな不幸ではあるが、反面、これまでの混沌・未熟・歪曲の中にあった我が国の文化に秩序と確たる基礎を齎らすためには絶好の機会でもある。角川書店は、このような祖国の文化的危機にあたり、微力をも顧みず再建の礎石たるべき抱負と決意とをもって出発したが、ここに創立以来の念願を果すべく角川文庫を発刊する。これまで刊行されたあらゆる全集叢書文庫類の長所と短所とを検討し、古今東西の不朽の典籍を、良心的編集のもとに、廉価に、そして書架にふさわしい美本として、多くのひとびとに提供しようとする。しかし私たちは徒らに百科全書的な知識のジレッタントを作ることを目的とせず、あくまで祖国の文化に秩序と再建への道を示し、この文庫を角川書店の栄ある事業として、今後永久に継続発展せしめ、学芸と教養との殿堂として大成せんことを期したい。多くの読書子の愛情ある忠言と支持とによって、この希望と抱負とを完遂せしめられんことを願う。

一九四九年五月三日